THE PILLOWMAN

By Martin McDonagh

The Pillowman was first presented by the National Theare at the Cottesloe,
London, directed by John Crowley, on 13 November 2003.
The production was subsequently produced on Broadway by the Nation-
al Theatre, Robert Boyett Theatricals LLC and RMJF Inc. opening at the
Booth Theatre, New York City, on April 10, 2005.

This Korean edition was published by Eulyoo Publishing Co., Ltd. in
2024 by arrangement with Martin McDonagh c/o Knight Hall Agency Ltd
through KCC(Korea Copyright Center Inc.), Seoul.

암실문고
필로우맨

발행일
2024년 9월 10일 초판 1쇄

지은이 | 마틴 맥도나
옮긴이 | 서민아
펴낸이 | 정무영, 정상준
펴낸곳 | (주)을유문화사

창립일 | 1945년 12월 1일
주소 | 서울시 마포구 서교동 469 - 48
전화 | 02 - 733 - 8153
팩스 | 02 - 732 - 9154
홈페이지 | www.eulyoo.co.kr

ISBN 978 - 89 - 324 - 6143 - 4 04840
ISBN 978 - 89 - 324 - 6130 - 4 (세트)

필로우맨
THE PILLOWMAN

Martin McDonagh
마틴 맥도나

옮긴이. 서민아

대학에서 영문학과 경영학을, 대학원에서 비교문학을 공부했다. 옮긴 책으로는
『송골매를 찾아서』, 『헤이트: 우리는 증오를 팝니다』, 『마음챙김의 배신』,
『푸코의 예술철학』, 『에든버러』, 『자전소설 쓰는 법』, 『키라의 경계성 인격장애
다이어리』, 『은여우 길들이기』, 『인간은 개를 모른다』, 『자유의지』, 『번영과
풍요의 윤리학』, 『플랫랜드』, 『카뮈, 침묵하지 않는 삶』, 『비트겐슈타인 가문』
등이 있다.

1막

1장

경찰 취조실. 무대 중앙에 테이블이
놓여 있고 카투리안이 눈가리개로 눈을
가린 채 그 앞에 앉아 있다. 투폴스키와
아리엘이 들어와 카투리안의 맞은편에
앉는다. 투폴스키는 종이 뭉치가
빼곡히 담긴 문서 보관 상자를 들고
있다.

투폴스키	카투리안 씨, 이쪽은 아리엘 형사, 나는
	투폴스키 형사요⋯⋯. 누가 이렇게 씌워 놓고
	간 거요?
카투리안	뭘 말입니까?

투폴스키가 눈가리개를 벗긴다.

투폴스키	누가 이렇게 씌워 놓고 갔냐고요?
카투리안	어, 어떤 남자가요.
투폴스키	왜 안 풀었어요? 사람이 좀 모자란가.
카투리안	풀면 안 되는 줄 알았습니다.
투폴스키	사람이 좀 모자라네.
카투리안	(사 이) 네.
투폴스키	(사 이) 아까 말했듯이, 이쪽은 아리엘
	형사고, 나는 투폴스키 형사.
카투리안	저, 이 말씀을 꼭 드리고 싶은데, 저는
	형사님들과 형사님들이 하시는 일을 대단히
	존경하고, 제가 어떤 식으로든 도움을 드리게
	되어 기쁩니다. 완전 존경합니다.
투폴스키	뭐, 듣기는 좋네.
카투리안	저는 그런 사람들과는 달라요⋯⋯ 아시죠?
투폴스키	그런 사람들이 어떤 사람들인데요? ⋯⋯난
	모르겠는데?
카투리안	경찰에게 존경심을 갖지 않는 그런 부류의

14

사람들 말입니다. 저는 평생 단 한 번도
경찰과 문제를 일으킨 적이 없습니다.
평생요. 그리고 저는……

아리엘   지금까지는 문제가 없었다는 거네요, 선생
말은.

카투리안   네?

아리엘   다시 말해 드리죠……. 지금까지는 경찰하고
문제가 없었다는 거잖아요, 선생 말은.

카투리안   지금은 제가 경찰하고 문제가 있습니까?

아리엘   그게 아니면 여기에서 뭘 하는 건데요?

카투리안   저는 두 분의 수사를 돕고 있는 거라고,
그렇게 생각했습니다.

아리엘   그래서, 우리가 당신 친구라서, 같이 놀자고,
여기에 데리고 온 거다, 당신 친구처럼?

카투리안   형사님들이 제 친구는 아니죠, 아닌데……

아리엘   넌 미란다 원칙을 들었어. 네 집에서
끌려왔고. 좆같은 눈가리개도 썼고. 넌 씨발,
우리가 우리 친구한테 이렇게 할 것 같아?

카투리안   우리가 친구는 아니죠. 아닙니다. 하지만
마찬가지로, 우리가 적은 아니길 바랍니다.

아리엘   (사 이) 씨발 대가리를 처 맞고 싶나.

카투리안   (사 이) 네?

아리엘   내 발음에 문제가 있나? 투폴스키 반장님, 제
발음에 문제 있어요?

투폴스키 아니, 자네 발음은 문제없어. 발음 아주
분명해.

아리엘 제가 보기에도 제 발음엔 문제가 없었거든요.

카투리안 문제 없었습니다……. 형사님들이 묻는 건
뭐든지 대답하겠습니다. 그러니까 그러실
필요는……

아리엘 '넌 우리가 묻는 건 뭐든지 대답하게 될
거야.' '네가 우리가 묻는 건 뭐든지 대답하게
될 거'라는 사실은 의심할 껀덕지도 없었어.
아, 이런 의심은 했었지. '너 때문에 당분간
우리가 널 대체 얼마나 조져야 할까?'하는
의심.

카투리안 형사님들이 절 조지시지 않도록
노력하겠습니다. 왜냐하면 전 뭐든지 대답할
거니까요.

투폴스키 뭐, 처음엔 다들 그러지 않겠어?

> **아리엘은 카투리안을 노려보면서, 한쪽
> 벽을 향해 빈들거리며 물러나, 담배를
> 피운다.**

우리가 널 왜 이곳으로 데리고 왔다고
생각해? 뭔가 짚이는 이유가 있을 텐데.

아리엘 그냥 바로 고문 시작하시죠? 이런 좆같은

짓거리 전부 생략하고.

카투리안   네……?

투폴스키   이 사건 책임자가 누구지, 아리엘, 나야 너야?
(사 이) 고맙네. 저 사람 말 듣지 마. 아무튼,
그래서 우리가 널 왜 여기로 데리고 왔다고
생각해?

카투리안   머리를 굴려봤지만 잘 모르겠습니다.

투폴스키   머리를 굴려봤지만 잘 모르겠습니까?

카투리안   아니요.

투폴스키   뭐야, 그렇다는 거야 아니라는 거야?

카투리안   그렇다는 겁니다.

투폴스키   에?

카투리안   전 아무 짓도 안 했으니까요. 경찰에 반하는
행동을 한 적도 없고, 국가에 반하는 행동을
한 적도 없습니다…….

투폴스키   머리를 굴려 봤지만, 우리가 널 왜 여기로
끌고 왔는지 도저히 생각이 나지 않는다?

카투리안   한 가지 이유는 생각이 날 것 같습니다, 아니,
이유는 아니고, 뭔가 관련이 있지 않을까
짐작되는 건 있습니다. 그게 어떻게 관련이
되는지는 모르겠지만요.

투폴스키   뭐에 대한 관련? 뭐에 대한 무슨 관련? 어,
뭐에 대한 무슨 관련?

카투리안   네? 전 그냥, 형사님이 저를 데리고 오실 때

제 이야기들도 가지고 오셨다는 거, 그리고
저기에 보관하고 계신다는 거, 그 정도밖에
생각나는 게 없습니다.

투폴스키 내가 그걸 어디에 보관하고 있다고? 내가
여기 앞에다 놓은 서류를 읽은 거야?

카투리안 읽지 않았습니다…….

투폴스키 이런 서류는, 네가 알지 모르겠지만, 엄청난
기밀일 수도 있어, 아주 아주 극비 사항
말이야.

카투리안 제목이 눈에 들어왔습니다, 아주 살짝요.

투폴스키 오, 주변 시야 같은 걸로?

카투리안 네.

투폴스키 근데, 잠깐. 아무리 주변 시야로 봤다 해도
몸을 이렇게 돌려야 했을 텐데…….

**투폴스키가 옆으로 몸을 돌려 서류를
내려다본다.**

자 봐, 이렇게, 옆으로, 이런 식으로…….

카투리안 제 말은……

투폴스키 봤어? 이런 식으로. 옆으로.

카투리안 제 말은, 주변 시야로 눈 아래쪽을 봤다는
의미였습니다.

투폴스키 오, 주변 시야로 눈 아래쪽을 봤다.

카투리안	이런 표현이 맞는지 모르겠습니다.
투폴스키	안 맞아. (사 이) 왜 관련이 있었을까, 네 이야기하고, 네가 여기에 끌려온 거하고? 범죄는 아니잖아, 네가 이야기를 쓰는 게.
카투리안	제 생각도 그렇습니다.
투폴스키	어떤 규제들은 있을 수 있지만…….
카투리안	물론이죠.
투폴스키	국가 안보라든가, 흔히들 말하는 이런저런 안보 사항 말이야. 나는 그런 건 규제라고 부르지도 않아.
카투리안	저도 그런 건 규제라고 부르지 않습니다.
투폴스키	나는 그런 걸 가이드라인이라고 부르지.
카투리안	맞습니다, 가이드라인.
투폴스키	무슨무슨 안보니 하는 가이드라인 같은 게 있을 수 있지만, 범죄는 아니지, 네가 이야기를 쓰는 게.
카투리안	제 생각도 그렇습니다. 그게 전부죠.
투폴스키	뭐가 전부라는 건데?
카투리안	제 말은, 저도 동의한다는 의미입니다. 그런 거 읽어 보셨을 겁니다. '경찰은 죄다 이렇더라', '정부는 죄다 저렇더라'하는 '이야기들' 말입니다. 그런 정치적인…… 그걸 뭐라고 하지요? '정부는 이래야 한다'느니 하는 글들요. 아, 진짜. 그런 건

다 좆같은 소립니다. 제 말 아시겠습니까?
제 말은, 정치적으로 무슨 불만이 있으면,
정치적으로, 그 뭐야, 그런 게 있으면, 가서
씨발 논문을 쓰라는 겁니다. 전 그냥 가던
길 갈 테니까요. 좌파는 이렇다, 우파는
저렇다 떠들든지 말든지, 나한테는 씨발
이야기나 들려달라고요! 아시겠어요? 옛날에
어떤 위대한 사람이 이런 말을 했습니다.
'이야기꾼의 첫 번째 의무는 이야기를 하는
것이다.' 저는 이 말을 전적으로 믿습니다.
'이야기꾼의 첫 번째 의무는 이야기를
하는 것이다.' 아닌가, '이야기꾼의 **유일한**
의무는 이야기를 하는 것이다'였나? 네,
그게 맞겠네요. '이야기꾼의 **유일한** 의무는
이야기를 하는 것이다.' 잘 기억나진 않지만,
아무튼, 제가 하는 일이 그겁니다. 저는
이야기를 해요. 뭐 불만 같은 거 없습니다.
전혀 아무 불만 없어요. 사회적인 무슨
그딴 거 전혀 없습니다. 그래서, 저는
정말 모르겠습니다, 그런 거 때문에 저를
여기 데리고 오신 거라면, 도저히 그
이유를 모르겠어요. 혹시라도 제 이야기에
어쩌다 정치적인 뭔가가 들어갔다면, 아니
정치적으로 **보이는** 구석이 조금이라도

있으면, 혹시 그렇다면, 어느 부분인지
저한테 보여 주십시오. 그 개 같은 게 어느
부분에 있는지 저한테 보여 달란 말입니다.
제가 당장 빼 버리겠습니다. 씨발 완전히
태워버리겠습니다. 아시겠어요?

(사 이) 투폴스키가 카투리안을 빤히
노려본다.

제 말 아시겠냐고요?

투폴스키　이제 내가 이 서류를 작성해야 돼. 네가
　　　　　수감돼 있는 동안 너한테 안 좋은 일이
　　　　　벌어질 경우를 대비하는 서류야. (사 이)
　　　　　여기 네 이름이 잘못 기록된 것 같은데. 성이
　　　　　카투리안, 맞아?

카투리안　맞습니다.

투폴스키　저런, 이름을 카투리안이라고 기록했군.

카투리안　이름이 카투리안입니다.

투폴스키　(사 이) 이름이 카투리안이라고?

카투리안　네.

투폴스키　성도 카투리안이고?

카투리안　네.

투폴스키　그럼 카투리안 카투리안이야?

카투리안　부모님이 재미있는 분들이었어요.

투폴스키   흠. 가운데 이름 첫 글자는?

카투리안   K입니다.

투폴스키가 카투리안을 본다.
카투리안은 고개를 끄덕이고, 어깨를
으쓱한다.

투폴스키   그럼 네 이름이 카투리안 카투리안
           카투리안이야?

카투리안   아까 말씀드렸듯이, 부모님이 재미있는
           분들이었습니다.

투폴스키   음. '재미있는'게 아니라 '존나 모자란
           또라이'같네.

카투리안   아니라고 말하진 않겠습니다.

투폴스키   주소가 카메니체 4443?

카투리안   네.

투폴스키   동거인은……?

카투리안   형이요. 마이클.

투폴스키   아, 마이클. 적어도 빌어먹을 '카투리안'은
           아니네!

아리엘   저능아지, 네 형, 어?

카투리안   형은 저능아가 아닙니다, 아니에요. 가끔
           이해가 느린 겁니다.

아리엘   이해가 느리다. 좋아.

투폴스키	직계 가족은?
카투리안	마이클 형이요. 직계 가족이라면?
투폴스키	그냥 형식적인 절차야, 카투리안. 무슨 말인지 알지? (사 이) 직장은?
카투리안	카메니체 도살장입니다.
아리엘	작가가 도살장이라.
카투리안	그렇게 나쁘지 않습니다.
투폴스키	거기서 일하는 게 좋은가 봐?
카투리안	아니요, 하지만 그렇게 나쁘진 않습니다.
아리엘	동물들 난도질하는 게.
카투리안	저는 도축은 하지 않습니다. 그냥 허드렛일만 합니다.
아리엘	아, 도축은 하지 않는다. 허드렛일만 한다.
카투리안	네.
아리엘	그렇군.
카투리안	그냥 허드렛일만 합니다.
아리엘	그냥 허드렛일만 한다. 도축은 하지 않는다.
카투리안	맞습니다.
아리엘	그렇군.

(사 이) 투폴스키가 펜을 내려놓고, 작성하고 있던 서류를 둘로 찢는다.

투폴스키	저거 말이야, 수감 중에 너한테 안 좋은

일이 생길 경우에 대비해서 작성하는 서류가
아니었어. 그냥 내가 장난 좀 쳤어.

카투리안   그럼 뭐였습니까?

투폴스키   어차피 찢어버리려고 했던 종이 쪼가리.

> **투폴스키는 이야기가 적힌 종이 뭉치를**
> **휙휙 넘기다가 마침내 찾으려던**
> **이야기를 발견한다.**

여기 있네, '작은 사과 인형들'.

카투리안   그 얘기에 문제가 있습니까?

> **투폴스키가 이야기 내용을 파악하는**
> **동안, 아리엘은 어슬렁거리며 테이블로**
> **돌아와 자리에 앉은 뒤, 담배를 비벼**
> **끈다.**

그건 제가 제일 잘 쓴 이야기는 아닙니다.
(사 이) 꽤 좋은 이야기이긴 하지만요.

투폴스키   이게 어떤 이야기냐면, 이렇게 시작해. 어린
소녀가 있어, 그런데 이 아이 아버지가 이
아이를 학대하는 거야…….

카투리안   아버지가 아이를 마구 두드려 패죠. 그
사람은……

투폴스키	보아하니 네가 쓴 이야기들은 대체로…… 그 사람은 뭐?
카투리안	뭐가요?
투폴스키	아버지.
아리엘	'그 사람은……' 어쩌구 하고 네가 그랬잖아.
투폴스키	그 사람이 상징하는 뭐가 있는 거지, 그렇지?
카투리안	그 사람은 나쁜 아버지를 상징합니다. 아주 나쁜 아버지예요. 그런데 형사님은 무슨 의미로 '상징한다'는 말을 쓰신 거죠?
투폴스키	그는 나쁜 아버지다.
카투리안	네. 그는 어린 여자애를 막 두드려 팹니다.
투폴스키	그래서 그는 나쁜 아버지다.
카투리안	그렇습니다.
투폴스키	그 아버지가 어린 소녀에게 또 무슨 짓을 하지? '그는 나쁜 아버지'라며?
카투리안	그 이야기가 말하는 건, 제 생각엔, 아버지가 어린 소녀를 심하게 학대한다는 게 전부인 것 같은데요. 결론은 형사님들께서 알아서 내리시면 될 것 같습니다.
아리엘	오, 결론은 지금 우리가 알아서 내리면 된다, 그런 거야?
카투리안	네?
아리엘	결론은 지금 우리가 알아서 내리면 된다, 그 말이냐고?!

카투리안   아니요! 네!

아리엘   씨발 우리가 알아서 결론을 내리면 된다는
            거, 우리도 **알거든**!

카투리안   그러니까요.

아리엘   뭐?

카투리안   그러니까요.

아리엘   씨발…… 뭐?!

아리엘이 자리에서 일어나 주변을 걷는다.

투폴스키   아리엘이 기분이 상한 이유는, '우리가 알아서
            결론을 내리면 된다'는 말 때문이야. 원래
            우리 일이 그런 거거든. (사 이) 그리고
            우리가 제일 먼저 내려야 할 결론은 네가
            쓴 이야기 전체를 통틀어서 '어린 소녀가
            학대당했다'거나 '어린 소년이 학대당했다'는
            이야기가 정확히 몇 편이냐는 거야.

카투리안   몇 편밖에 없습니다. 몇 편밖에요.

아리엘   '몇 편 밖에.' 씨발 몇 편 밖에라네. 우리가
            처음에 대충 골라잡은 스무 편이 죄다 '어린
            여자애가 이렇게 존나 뒈진다, 어린 남자애가
            저렇게 존나 뒈진다……' 였구만!

카투리안   그렇지만 그게 뭘 의미하는 건 아닙니다.

저는 뭘 말하려고 한 게 아니라니까요…….

아리엘　네가 뭐가 아니라고?

카투리안　뭐가요?

아리엘　뭐가 아니라며?

카투리안　저, 형사님은 제가 아이들을 통해 뭔가를
상징하려 한다고 말씀하시려는 겁니까?

아리엘　'말씀하시려는 겁니까……?'

카투리안　아이들이 국민이나 뭐 그런 걸
상징한다고요?

아리엘　(다가가며) '말씀하시려는 겁니까.' 이
새끼가 씨발 이젠 내가 무슨 말을 해야
하는지 가르치려 드네, '말씀하시려는
겁니까'라니. 아까는 씨발 우리가 알아서
결론을 내라고 하질 않나…….

카투리안　그게 아니라……

아리엘　이 좆같은 새끼가 씨발 이젠 우리한테 말도
못 하게 하네! 그 씨발 손 내려놔……!

> **아리엘이 카투리안의 머리채를 잡아
> 의자에서 끌어 내리고, 자기 맞은편에
> 무릎을 꿇린 다음 무언가로 카투리안의
> 얼굴을 쿡쿡 찌른다. 투폴스키는 이
> 모습을 바라보며 한숨 쉰다.**

27

투폴스키   언제쯤 준비가 될까, 아리엘?

> 아리엘이 동작을 멈추고, 숨을
> 헐떡거리며, 자기 자리로 돌아간다.

(카투리안에게) 다시 자리에 앉아.

> 카투리안이 힘겹게 자리에 앉는다.

아리엘   아, 깜빡 잊고 이 말을 안 했네……. 나는
좋은 경찰이고, 저분은 나쁜 경찰이야.
(사 이) 자, 그럼, 문학 이야기로 다시
돌아가자고. 우리가 아까 이해한 대로,
아버지는 어린 소녀를 학대하고, 어느 날
그 애는 사과 몇 알을 구해서 그걸로 작은
인형들을 조각해. 작은 손가락, 작은 눈,
작은 발가락까지. 그리고 소녀는 아버지에게
사과를 주면서 말하지. 이 사과는 먹는
게 아니라고, 하나뿐인 어린 딸이 어린
시절을 추억하기 위해 간직하려는 거라고.
하지만 당연히 돼지 같은 아버지는 이 사과
인형을 한꺼번에 전부 삼켜 버려. 단지 딸을
괴롭히려고. 사과 속에는 면도날이 들어있고,
아버지는 고통스러워하면서 죽는다.

카투리안	그리고 이게 이야기의 결말 같지요, 보통은 이렇게 끝나야 하잖아요, 아버지가 마땅히 받아야 할 벌을 받았으니까요. 하지만 이야기는 계속 이어집니다.
투폴스키	하지만 이야기는 계속 이어진다. 그날 밤 소녀는 잠에서 깨어 일어나지. 수많은 사과 인형들이 소녀의 가슴 위로 걸어 올라와. 사과 인형들이 걔의 입을 벌려. 그리고 걔한테 이렇게 말해…….
카투리안	(가냘픈 목소리로) '네가 우리 동생들을 죽였어…….'
투폴스키	'네가 우리 동생들을 죽였어.' 사과 인형들은 소녀의 목구멍 속으로 들어가. 소녀는 자기 피에 질식해서 죽어. 이상 끝.
카투리안	약간 반전이죠. 독자들은 이게 소녀의 꿈이라고 생각할 거예요. 하지만 꿈이 아니거든요. (사 이) 왜요? 이 이야기가 제 최고작은 아니라고 말씀드렸을 텐데요.
아리엘	너 유대인 구역에 자주 드나들지, 카투리안?
카투리안	유대인 구역이요? 아니요. 가끔 지나가긴 합니다. 형을 데리고 올 때요. 형 학교가 라메넥 지역에 있거든요. 거긴 유대인 구역이 아닌데요. 유대인 구역을 거쳐서 가긴 하지만요.

아리엘	형을 데리고 온다. 형이 너보다 나이가 많은데, 아직 학교에 다닌다고?
카투리안	특수학교입니다. 형이 학습 장애가 있거든요. (사 이) 그게 유대인하고 무슨 관련이 있습니까? 저는 아는 유대인이 아무도 없습니다.
아리엘	아는 유대인이 아무도 없다?
카투리안	유대인**한테는** 아무 감정도 없고, 아는 유대인도 **없습니다.**
아리엘	그러니까 유대인**한테는** 아무 감정이 없다?
카투리안	없습니다. 있어야 합니까?
투폴스키	'있어야 합니까?' 좋은 대답이야. '있어야 합니까?' 약간 소심하고 고분고분한 것 같으면서도, 뭔가 빈정대고 짜증 나게 하는 말투란 말이지. '있어야 합니까?'
카투리안	형사님을 짜증 나게 하려는 의도는 없었습니다.
투폴스키	고분고분할 의도는 있었고?
카투리안	아닙니다.
투폴스키	그럼 짜증 나게 하려고 했네. 그럼 이제 아리엘이 널 또 때리려고 할 거고……
카투리안	저 형사님, 저는 제가 여기에서 뭘 하고 있는 건지 이해가 안 됩니다. 두 분이 저한테 무슨 말을 듣고 싶으신 건지 모르겠어요.

저는 누구한테든 아무런 감정도 없습니다.
유대인이든 형사님들이든 누구한테든요.
저는 그냥 이야기를 씁니다. 그게 다예요.
그게 제 삶이고요. 저는 하루 종일 집 안에서
이야기를 씁니다. 그게 전붑니다.

> **아리엘이 일어서서 문을 향해**
> **이동한다.**

아리엘　　그러니까 생각이 나네. 너네 형하고 이야기를
　　　　해야겠어.

> **아리엘이 밖으로 나간다. 투폴스키는**
> **미소를 짓는다. 카투리안은 겁에 질려**
> **망연자실한다.**

카투리안　형은 학교에 있는데요.
투폴스키　나하고 아리엘 말이야, 우린 이런 웃기는
　　　　짓을 해. 툭하면 '그러니까 생각이 나네'라고
　　　　말하는데, 실은 '그러니까 생각이 난다'고
　　　　말할 껀덕지가 진짜 하나도 없을 때도 그렇게
　　　　말하거든. 진짜 웃기지.
카투리안　저희 형은 학교에 있어요.
투폴스키　네 형은 옆방에 있어요.

카투리안 (사 이) 그러면 형이 무서워할 거예요…….

투폴스키 네가 약간 무서워하는 것 같은데.

카투리안 약간 무섭습니다.

투폴스키 뭐가 무섭지?

카투리안 형이 낯선 장소에 혼자 있는 게 무서워요,
형사님 동료가 형을 두드려 팰까 봐
무섭고요, 그 사람이 와서 저를 또 두드려
팰까 봐 무섭고요. 저는 맞아도 괜찮지만,
아니 그러니까, 안 맞는 게 더 좋지만,
제 이야기들 안에 뭔가 마음에 안 드는
게 있으시면, 저한테 실컷 화풀이를
하세요. 하지만 저희 형은 겁이 많고, 이
상황을 잘 이해하지도 못하고, 어쨌든 이
이야기들하고는 아무 상관이 없고, 제가
이야기 몇 번 들려준 게 전붑니다. 그래서
저는 형사님들이 형을 이곳으로 끌고 온 건
아주 부당하다고 생각하고요, 씨발, 지금
당장 형사님이 가서 좆같은 여기에서 형을
내보내야 한다고 생각합니다! 씨발 지금
당장이요!

투폴스키 (사 이) 와, 지금 아주 아드레날린이 존나
솟구치나 봐, 그치. '오오, 나 방금 경찰한테
소리쳤어,' '오오, 이러면 안 되는데, 근데
오오, 나 존나 열 뻗쳤잖아.' 오오. 씨발,

진정 좀 해. 알겠어? 너 우리를 짐승이라고
생각하지?

카투리안 아닙니다.

투폴스키 그래, 우리는 짐승이 아니야. **가끔 짐승들을
다루긴 해.** 하지만 우리가 짐승은 아니라고.
(사 이) 너네 형은 괜찮을 거야. 약속할게.

투폴스키가 파일에서 다른 이야기를 들춰본다.

'교차로의 세 교수대 이야기'. 여기엔 네가
자주 사용하는 주제가 없는 것 같은데.

카투리안 무슨 주제요?

투폴스키 그거 있잖아, 네가 자주 사용하는 주제.
'불쌍한 어린애가 존나게 신세 조지는
이야기'. 그게 네 주제잖아.

카투리안 그게 주제는 아닙니다. 그냥 이야기 몇 편이
그런 식으로 나온 거예요. 그게 주제는
아니에요.

투폴스키 하지만 네 주제가 은근한 방식으로 **담겨**
있는지도 모르지.

카투리안 저는 주제를 안 담는다니까요. 지금까지,
잠시만요, 한 4백 편 썼으니까, 그중에
아이들이 나오는 이야기가 열 편 아니 스무

편쯤은 있을 수도 있잖습니까?

투폴스키 **살해당한** 아이들이 나오는 이야기가.

카투리안 그래서, 뭡니까, 제 이야기에 살해당한
아이들이 있는 게 무슨 문제가 된다는
겁니까? 제가 '나가서 아이들을 죽여라'라고
말하기라도 한다는 건가요?

투폴스키 네가 '나가서 아이들을 죽여라'라고 말하려고
한다고 말하려는 건 아니야. (사 이) 너,
'나가서 아이들을 죽여라'라고 말하려고 했던
거야?

카투리안 아니요! 아우 씨, 절대 아니죠! 지금
장난하세요? 저는 뭘 말하려는 게 절대
아니라니까요! 저는 이야기를 쓰는 게
전부라고요.

투폴스키 알지, 알지, 넌 이야기를 쓰는 게 전부지,
이야기꾼의 첫 번째 의무는…….

카투리안 네…….

투폴스키 ……어쩌구 저쩌구, 알지. 이 '교차로의 세
교수대'는……

카투리안 제 이야기에 아이들이 등장하는 건, 쓰다
보니 그렇게 된 겁니다. 제 이야기에
정치적인 견해가 포함된다면, 쓰다 보니
그렇게 된 거고요. **우연입니다.**

투폴스키 잠깐, 하나 먼저 짚고 갈게. 내가 말할 땐 내

34

말 끊지 마…….

카투리안 네, 죄송합니다…….

투폴스키 내가 무슨 말을 하라고 분명하게 요구하거나, 눈으로, 이렇게, '어서 말하라'고, 눈짓 같은 걸로 신호를 보내면, 그러면 계속 말을 해도 좋지만, 내가 뭘 말하는 도중엔……

카투리안 알겠습니다, 죄송합니다…….

투폴스키 씨발 그런데 또 그러고 있잖아! 내가 너한테 뭘 말하라고 분명하게 요구했어?! 내가 눈으로 이렇게, '어서 말하라'고, 신호를 보냈냐고?!

카투리안 아니요.

투폴스키 아니지, 안 했지, 그치? (사 이) 내가 했어? 자, 이건 분명한 질문**이었고**, 내가 눈으로 **이렇게**, '어서 말하라'고 신호를 보냈잖아.

카투리안 죄송합니다. 긴장했어요.

투폴스키 그래, 긴장할 권리 있지.

카투리안 그러니까요.

투폴스키 아니, 내 말을 못 알아들었네. '네가 긴장할 권리'가 있다는 건…… 내가 너한테 그럴 **권리**를 줬다는 뜻이라고.

카투리안 왜 그렇습니까?

투폴스키 (사 이) '교차로의 세 교수대.' 이 이야기로 우리한테 뭘 말하려는 거지?

카투리안	딱히 뭘 말하려는 게 아닙니다. 그냥 정답이 없는 수수께끼를 쓰려고 한 거예요.
투폴스키	그래서 정답이 **뭔데?**
카투리안	(사 이) 없습니다. 정답이 **없는** 수수께끼예요.
투폴스키	내가 보기엔 정답이 있는 것 같은데. 하긴, 내가 되게 똑똑하거든.
카투리안	네, 뭐, 형사님 말이 맞습니다, 답이 뭔지 궁금해해야 하는 게 맞지요. 하지만 사실은 답이 없습니다. 더 나쁜 건 없으니까요, 그렇지 않습니까? 이 이야기에서 말하는 두 가지 죄보다 더 나쁜 건 없잖아요.
투폴스키	더 나쁜 게 없어?
카투리안	(사 이) 있습니까?

투폴스키가 이야기 내용을 설명한다.

투폴스키	한 남자가 강철로 만든 교수대에 묶인 채 잠에서 깨어 일어나. 남자는 이 교수대에서 굶어 죽게 되어 있어. 남자는 자신이 **유죄 판결**을 받고 교수대에 묶였다는 건 알고 있지만, 자기 죄목이 기억이 나질 않아. 교차로 건너편에는 다른 교수대가 두 개 더 있어. 한 개의 교수대 앞에는 '강간범'이라고

적힌 현수막이 걸려 있고, 다른 한 개의
교수대에는 '살인범'이라고 적힌 현수막이
걸려 있지. 강간범의 철창 안에는 먼지
쌓인 해골이 있고, 살인범의 철창 안에는
죽어가는 노인이 있어. 우리의 주인공은 **자기**
철창 앞에 걸린 현수막을 읽을 수가 없어서,
노인에게 자신을 위해 현수막을 읽어 달라고
부탁해. 자기가 무슨 짓을 저질렀는지 알고
싶은 거야. 노인은 현수막을 보고, 남자를
보더니, 역겹다는 듯 남자의 얼굴에 침을
뱉어. (사 이) 수녀님들 몇이 다가와.
수녀님들은 죽은 강간범을 위해 기도해.
으음. 늙은 살인범한테는 음식과 물을 줘.
으음. 그런 다음 우리 주인공의 죄목을 읽어.
그런데 얼굴이 하얗게 질려서는 울면서 가
버려. (사 이) 이제 노상강도가 다가와,
으음. 그는 별 흥미 없이 강간범을 쓱 훑어봐.
살인범 노인을 보고 철창 자물쇠를 부수어
노인을 풀어 줘. 그런 다음 우리 주인공의
철창으로 와서 그의 죄목을 읽어. 노상강도는
살짝 웃어. 우리의 주인공도 따라서 웃어,
살짝. 노상강도는 총을 들더니 남자의 심장을
쏴. 우리의 주인공은 죽어 가면서 소리쳐.
'내가 무슨 짓을 저질렀는지 말 좀 해 줘?!'

노상강도는 그가 무슨 짓을 저질렀는지
말도 안 해 주고 말을 타고 가 버려. 우리의
주인공은 마지막으로 말해. '나 지옥에 가는
거야?' 그러나 그가 마지막으로 듣는 소리는
노상강도의 조용한 웃음소리뿐.

카투리안 이야기 괜찮지요. 뭔가 양식적이기도 하고.
어떤 종류의 '양식'일까요? 기억이 나지
않네요. 어차피 '양식' 같은 거에는 별로 관심
없거든요. 이 이야기에는 잘못된 부분이
없지요. 있나요?

투폴스키 없어, 이 이야기에는 잘못된 부분이 없어. 이
이야기에는 이 이야기를 쓴 새끼가 개 쓰레기
같은 새끼라고 할 만한 부분이 없어. 없지.
나한테 이 이야기는, 이 이야기는 순전히
일종의 암시야.

카투리안 암시요?

투폴스키 암시.

카투리안 아.

투폴스키 이 이야기는 나한테 이렇게 말하는 것 같아.
나는 겉으로는 이렇게 말하고 있지만, 표면을
들추면 다른 걸 말하고 있다.

카투리안 아.

투폴스키 이건 암시야. 무슨 말인지 알겠어?

카투리안 네, 이건 암시예요.

투폴스키   이건 암시야. (사 이) 이게 네 최고작이라고
         했나?

카투리안   아니요. 제 최고의 작품 중 하나입니다.

투폴스키   오, 네 최고의 작품 중 하나다. 작품이 아주
         많나 봐.

카투리안   네. (사 이) 제 최고작은 '강 위의 한
         마을'입니다. '강 위의 한 마을 이야기'.

투폴스키   네 최고작이 '강 위의 한 마을 이야기'라고?
         잠깐, 잠깐, 잠깐, 잠깐, 잠깐, 잠깐, 잠깐,
         잠깐…….

투폴스키가 신속히 이야기를 찾는다.

         기다려 봐…… 여기 있네. 아하. 이제 뭔가 알
         것 같아. '이 이야기가 네 최고작이다' 이거지.

카투리안   왜요, 그 이야기가 어째서요, 그것도 무슨
         암시입니까?

투폴스키가 카투리안을 노려본다.

         저, 그건 유일하게 출판된 이야기입니다.

투폴스키   이게 유일하게 출판된 이야기라는 거 우리도
         알아.

카투리안   지금까지는요.

투폴스키	(어색하게 웃는다. 사 이) 잡지 〈리베르타드〉*에 실렸네.
카투리안	그렇습니다.
투폴스키	〈리베르타드〉라.
카투리안	그 잡지를 읽지는 않습니다.
투폴스키	그 잡지를 읽지는 않는다.
카투리안	이야기를 여러 군데에 보내거든요, 아시다시피, 그냥 혹시나 하는 마음에, 어디에서든 채택해 주길 바라는 겁니다. 제가 그 모든 잡지를 읽는 건 아니고……
투폴스키	〈리베르타드〉를 읽지는 않는다.
카투리안	네.
투폴스키	불법은 아니지, 〈리베르타드〉를 읽는 게.
카투리안	저도 압니다. 거기에 이야기를 발표하는 것도 불법은 아니고요. 압니다.
투폴스키	여기엔 네 주제가 담겨 있어. (사 이) 그쪽에서 너한테 주제를 정해 주었나, 〈리베르타드〉에서? '조랑말에 관한 이야기를 써라'라든지, '완전히 신세 조진 어린아이에 대한 이야기를 써라'라든지. 그쪽에서

~~~~~~

*

libertad, 스페인어로 자유, 해방이라는 의미

40

그랬어?

카투리안   그쪽에선 단어 수만 정해 주었습니다. 최대
단어 수요.

투폴스키   이야기 주제는 네가 직접 정한 거라고?

카투리안   이야기 주제는 제가 직접 정한 겁니다.

투폴스키가 카투리안에게 이야기를 건넨다.

투폴스키   나한테 읽어 줘 봐.

카투리안   전체를요?

투폴스키   전체를. 서서.

카투리안이 일어선다.

카투리안   왠지, 학교 같네요.

투폴스키   음. 근데 학교에서는 결국 너를 처형시키지는
않지. (사 이) 네가 개 존나게 빡센 학교에
다니는 게 아니라면.

(사 이 . 곧이어 카투리안이 이야기를 읽는다, 자신이 쓴 내용과 상세한 표현, 반전을 즐기면서.)

카투리안　(사 이) 음, '옛날에 물살이 센 강둑 위에
자갈길이 깔린 작은 마을이 있었다. 마을에는
작은 소년이 살고 있었는데, 다른 아이들과
어울리지 못했다. 마을 아이들은 소년을
괴롭히고 따돌렸는데, 소년이 가난했고,
낡은 옷을 입었으며, 맨발로 다녔고, 소년의
부모가 주정뱅이였기 때문이었다. 하지만
작은 소년은 성격이 낙천적이고 꿈이 많은
아이라, 놀림과 구타와 끝없는 외로움에도
별로 개의치 않았다. 소년은 자신이 다정한
마음을 지녔으며 사랑으로 가득하다는
걸 알았고, 그래서 언젠가는 누군가가
어디에선가 자기 안에 있는 사랑을 발견하고
똑같이 보상해 줄 거라고 믿었다. 그러던
어느 날, 마을 밖으로 향하는 강 위의
나무다리 끝에 앉은 소년이 방금 생긴 멍
자국들을 살피고 있는데, 자갈이 깔린 어두운
길을 따라 마차가 다가오는 소리가 들렸고,
마차가 가까워지자 새까만 망토를 입은
마부의 모습이 보였다. 마부의 우락부락한
얼굴은 그림자 속에서 검은 두건에 가려져
있었지만, 작은 소년은 너무나 무서워 온몸이
바들바들 떨렸다. 소년은 두려움을 떨치고,
그날 밤 저녁으로 먹으려던 작은 샌드위치를

꺼냈다. 그러고는 마차가 다리를 건너기
위해 막 자신을 지나치려 할 때, 두건을
쓴 남자가 샌드위치를 먹고 싶어 하는지
보려고 남자를 향해 샌드위치를 높이 들어
보였다. 마차가 멈추었고, 마부는 고개를
끄덕인 다음, 마차에서 내렸다. 그리고 잠시
작은 소년 옆에 앉아 샌드위치를 나누어
먹으며 이런저런 이야기를 나누었다.
마부가 소년에게 왜 맨발로 다니느냐고,
옷은 왜 그렇게 낡았냐고, 왜 혼자 있느냐고
물었고, 소년은 자신의 가난하고 고된 삶을
이야기하다가, 마차의 뒤쪽에 눈길이 갔다.
거기에는 비어 있는 작은 동물 우리들이 높게
쌓여 있었는데, 고약한 냄새가 나고 먼지가
잔뜩 끼어 있었다. 소년이 우리 안에 어떤
동물들이 있었느냐고 막 물어보려 하자,
마부는 자리에서 일어나 이제 그만 가던
길을 가야겠다고 말했다. "하지만 가기 전에,"
마부가 속삭이듯 말했다. "너는 가뜩이나
부족한 네 몫의 절반을 이 늙고 지친
나그네에게 나누어 주며 친절을 베풀었으니,
나도 이제 너에게 무언가 주고 싶구나.
오늘은 네가 그 가치를 알지 못하겠지만,
언젠가 좀 더 나이가 들면 아마도 그 진정한

가치를 깨닫고 나에게 감사하게 될 게다.
이제 눈을 감거라." 그래서 작은 소년은
마부가 말한 대로 눈을 감았고, 마부는 망토
안쪽에 있는 비밀스러운 주머니에서 길고
날카롭고 반짝이는 정육칼을 꺼내어, 공중
위로 높이 치켜들더니 소년의 오른쪽 발을
향해 휙 내리쳐, 진흙이 묻은 작은 발가락
다섯 개를 모두 잘라 버렸다. 작은 소년은
충격으로 말문이 막힌 채 입을 딱 벌리고
그 자리에 주저앉았고, 딱히 무언가를
응시한다기보다 그저 멍하니 어디 먼 곳을
바라보았다. 그리고 마부는 피가 흥건한
소년의 발가락들을 모아서 시궁창에 막
모여들기 시작한 쥐 떼를 향해 던지고는,
다시 마차에 올라 조용히 말을 달려 다리를
건너갔다. 소년과, 쥐떼와, 강과, 어두워져
가는 **하멜린 마을**을 뒤에 남겨 둔 채.

> **카투리안이 투폴스키의 반응을**
> **살피면서, 투폴스키에게 다시 이야기를**
> **돌려주고 자리에 앉는다.**

하멜린 마을, 아시죠?

투폴스키   하멜린 마을.

카투리안 아시겠죠? 이 작은 소년은 피리 부는
사나이가 마을 아이들을 전부 데려가려고
마을로 다시 돌아왔을 때 함께 따라가지 못한
절름발이 소년이에요. 이 소년은 그렇게 해서
절름발이가 된 겁니다.

투폴스키 나도 그거 알아.

카투리안 그게 반전이죠.

투폴스키 그게 반전이라는 거 나도 알아.

카투리안 그 사람이 노린 건 아이들이에요.

투폴스키 아이들을 노린 게 누구라고?

카투리안 피리 부는 사나이가 아이들을 노렸다고요.
처음부터요. 제 생각은 쥐떼를 **몰고 온** 사람이
바로 그 사나이라는 겁니다. 그가 쥐떼를
몰고 온 거예요. 마을 사람들이 돈을 주지
않을 거라는 걸 알았던 거죠. 그는 애초에
아이들을 노렸던 겁니다.

투폴스키 (**고개를 끄덕인다. 사이**) 그러니까 생각나네.

> **투폴스키는 문서보관함으로 가고,**
> **비스킷 통 크기의 금속 상자를 꺼내, 두**
> **사람 사이에 놓인 테이블에 올려놓고는**
> **다시 자리에 앉는다.**

카투리안 네? 아, '그러니까 생각나네.' 생각나는 게 아무것도 없을 때도 하는 말이죠.

투폴스키가 카투리안을 노려본다.

상자 안에 뭐가 들었습니까?

몇 개의 방을 건넌 곳에서 남자의
소름 끼치는 비명 소리가 들린다.
카투리안이 허둥대며 일어선다.

형이에요.

투폴스키 (소리를 들으며) 그래, 그런 것 같군.

카투리안 형한테 무슨 짓을 하시는 거죠?

투폴스키 글쎄, 뭐 존나 끔찍한 짓을 하나 보지. 난
          몰라, 내가 어떻게 알아?

카투리안 형은 건드리지 않겠다고 하셨잖아요.

투폴스키 나는 네 형 건드린 적 없어.

카투리안 하지만 형은 무사할 거라고 하셨잖아요.
          약속하셨잖아요.

비명 소리가 멈춘다.

투폴스키 카투리안. 나는 씨발 전체주의 독재 국가의
          고위직 경찰 간부야. 대체 무슨 생각으로 내

말을 믿는 건데?

> **아리엘이 돌아온다. 피투성이가 된**
> **손이 흰 천으로 감싸여 있다.**

카투리안 우리 형한테 무슨 짓을 한 겁니까?

> **아리엘이 투폴스키에게 저쪽으로**
> **오라고 몸짓을 해 보인다. 두 사람은**
> **한쪽 구석에서 잠시 상의한 뒤, 자리에**
> **앉는다.**

우리 형한테 무슨 짓을 했냐고요?!

투폴스키 어이, 아리엘? 카투리안 씨가 지금 질문을
하시잖아. 아까는 '상자 안에 뭐가 있냐'고
묻더니 — 네가 그 등신 고문하고 있을 때
말이야 — 이젠 '우리 형한테 무슨 짓을
했냐?'라고 물으시네.

카투리안 씨발 '상자 안에 뭐가 있는지'는 됐어요. 우리
형한테 무슨 짓을 한 거냐고요?!

투폴스키 저기 말이야, 아리엘은 어린 시절에 문제가
있었어, 그래서 보다시피 꼴통들이 잡히면
거기다가 엄청 분풀이를 하는 경향이 있거든.
안 좋아, 정말, 생각해 보면.

카투리안 형한테 무슨 짓을 한 거냐고?!

아리엘 이 새끼가 지금 존나 싸가지 없이 온 천지에
고함을 쳐 지르네. 내가 평소 같으면 지금쯤
네 면상을 갈겼을 텐데, 방금 너네 모자란
형을 갈겨 주느라 내 손이 개 아프거든.
그래서 일단은 단단히 경고만 하고 널 봐
주는 줄이나 알아.

카투리안 형을 보고 싶어요. 지금 당장.

투폴스키 아주 면상을 갈겨 버렸구만, 그렇지, 아리엘?
잠깐, 그런데, 잠깐, 그거 경찰 가혹 행위로
분류될 수 있어, 안 그래? 오, 이런!

아리엘 그 새끼 때문에 제 손이 크게 다쳤다고요.

투폴스키 손이 저 모양이 됐네!

아리엘 그러니까요, 엄청 아파요.

투폴스키 내가 몇 번이나 말했어? 경찰봉을 쓰라고,
그 뭐더라, 그걸 쓰라고. 맨손으로 갈긴 거야,
아리엘? 그것도 머저리한테? 그래봤자 그
머저리는 그게 자기한테 득인 줄도 모를
텐데.

카투리안 형은 그냥 어린애일 뿐입니다!

아리엘 지금 잠깐 숨 좀 돌리고, 이따가 들어가면
날이 선 걸로 그 새끼를 확 쑤셔 박아 돌려
버릴 겁니다.

투폴스키 오, 아리엘, 그건 확실히 '경찰 가혹 행위'로

분류될 거야.

카투리안 지금 당장 형을 보고 싶습니다!

투폴스키 세 번째 아이는 어떻게 했지?

카투리안 네? (사 이) 어떤 세 번째 아이 말입니까?

아리엘 그러니까 그거 너하고 네 형이지, 응?
친하잖아, 너하고 네 형?

카투리안 저한텐 형밖에 없으니까요.

아리엘 그래, 너하고 네 모자란 형.

카투리안 형은 모자라지 않습니다.

투폴스키 '작가와 그의 모자란 형'. 이야기 제목으로
딱이네, 카투리안.

카투리안 (울먹이며) 형은 그냥 어린애일 뿐이에요.

투폴스키 아니, 네 형은 어린애가 아니야. 누가
어린애인지 알아? 안드레아 요바코비치. 걔가
누군지 알지?

카투리안 (사이. 자리에 앉으며) 신문에서만 봤습니다.

투폴스키 신문에서만 봤다. 그 아이에 대해 뭘 알지,
'신문에서만 본 걸로'?

카투리안 벌판에서 발견된 여자애잖아요.

투폴스키 벌판에서 발견된 여자애지, 맞아. 그 아이가
어떻게 죽었는지 알지?

카투리안 모릅니다.

투폴스키 그 아이가 어떻게 죽었는지 왜 모르지?

카투리안 신문에 안 나왔으니까요.

투폴스키   신문에 안 나왔다. 아론 골드버그가 누군지
          알지?

카투리안   신문에서만 봤습니다.

투폴스키   그래. 유대인 구역 뒤편 쓰레기 하치장에서
          발견된 남자애야. 그 아이가 어떻게 죽었는지
          알지?

카투리안   모릅니다.

투폴스키   모른다, 신문에 안 나왔으니까. 신문에 나온
          건 별로 없었어. 신문엔 세 번째 아이에
          대해서도 아무것도 나오지 않았지. 같은
          지역에서, 같은 나이의, 작은 벙어리 소녀가,
          사흘 전 실종됐다는 사실 말이야.

아리엘   오늘 밤 벌어질 일들은 신문에 나올 거야.

투폴스키   오늘 밤 벌어질 일들은 신문에 나올 거야.
          오늘 밤 벌어질 많은 일들이 신문에 나올
          거야.

카투리안   그 벙어리 소녀에 대해서요?

투폴스키   그 벙어리 소녀에 대해서. 자백, 사형 집행
          등등 별의별 일들에 대해서.

카투리안   하지만…… 저는 형사님들이 무슨 말씀을
          하시는 건지 전혀 이해를 못 하겠습니다.
          제가 아동 살해를 소재로 하는 이야기를
          쓰면 안 된다는 말씀을 하시는 건가요? 현실
          세계에서 아동 살해 사건이 일어나니까?

아리엘	저 새끼는 우리가 자기 생각대로 생각하길 바라는 거예요. 우리가 자기를 못마땅하게 여기는 건 씨발 자기 글 쓰는 방식에 불만이 있어서라고 말입니다. 방금 자기 형이 나한테 뭐라고 말했는지 우리가 모르는 줄 아나.
카투리안	방금 우리 형이 형사님한테 뭐라고 말했는데요?
아리엘	이 상자 안에 뭐가 들어 있는지 우리가 모르는 줄 아나.
카투리안	우리 형이 뭐라고 말했는진 모르겠지만, 그렇게 말하도록 형사님이 유도했을 겁니다. 형은 원래 모르는 사람하고 말 안 해요.
아리엘	(피 묻은 천을 다시 감으면서) 나한텐 말하던데. 모르는 사람들한테 아주 잘 말하던데. 그 새끼가 그러던데. 너**도** 그 새끼**도** 모르는 사람들하고 말한다고.
카투리안	형을 보고 싶습니다.
아리엘	형을 보고 싶어?
카투리안	형을 보고 싶습니다. 아까부터 말씀드렸잖아요.
아리엘	형을 보여 달라고 요구하는 거야?
카투리안	형을 보게 해 주세요.
아리엘	형을 보게 해 달라고 지금 요구하는 거냐고?
카투리안	그래요, 씨발 지금 요구하는 겁니다. 형이

                         괜찮은지 봐야겠다고요.

아리엘   어차피 영영 괜찮아질 새끼가 아니잖아.

카투리안   (일어서며) 저는 형을 볼 권리가 있습니다!

아리엘   너한텐 아무 좆만한 권리도 없어…….

투폴스키   앉아.

아리엘   더 이상 없어, 너한텐 아무 권리도 없어.

카투리안   저한텐 권리가 있어요. 모든 사람은 권리가
            있습니다.

아리엘   너한텐 없어.

카투리안   왜 나한텐 없어요?

투폴스키   상자 열어.

카투리안   네?

아리엘   네 권리는 이따가 줄게.

카투리안.   하, 우리 형한테 잘도 권리를 준 것처럼
            말이죠.

아리엘   너네 형한테 권리를 잘도 줬지.

카투리안   퍽이나 그러셨겠네요. 씨발 퍽이나 그랬겠어.

투폴스키   상자 열어.

아리엘   그래, 씨발 내가 퍽이나 그랬다.

카투리안   네, 씨발 당신이 퍽도 그러셨겠죠.

아리엘   그래, 씨발 내가 퍽도 그랬지!

카투리안   씨발 당신이 퍽도 그랬다는 거 아주 잘
            알겠네요……!

투폴스키   (소리 지르며) 씨발 상자 열라니까!!

카투리안 씨발 상자 열면 되잖아요!

> 카투리안이 화를 내며 상자 뚜껑을
> 비틀어 연 다음, 상자 속 내용물을 보고
> 겁에 질려 뒷걸음질 친다. 구석에서
> 몸을 떤다.

카투리안 저게 뭐죠?

투폴스키 다시 자리에 앉아.

카투리안 저게 뭐예요?

> 아리엘이 재빨리 몸을 움직여
> 카투리안을 질질 끌어 다시 의자에
> 앉히고, 그의 머리채를 잡아 억지로
> 상자 안을 들여다보게 한다.

아리엘 '저게 뭐예요?' 뭔지 잘 알잖아. 우리는 저걸
        네 집에서 발견했어.

카투리안 아니에요……!

아리엘 네 형은 자기가 한 부분을 이미
        인정했거든…….

카투리안 아니에요!

아리엘 근데 그 새끼는 뒤에서 작전을 짜기엔
        대가리가 안 돌아가잖아. 그 여자애가

벌판에서 어떻게 죽었는지 너 알지? 면도날
두 개가 그 애의 그 요따만한 목구멍에 박혀
있었어. 둘 다 사과 속에 감춰진 채로 말이야,
참 희한한 일이지.

투폴스키가 상자 안으로 손을 뻗는다.

아리엘   작은 유대인 남자애가 어떻게 죽었는지 너
            알지?

**그리고 피 묻은 발가락 다섯 개를
하나씩 꺼낸다.**

투폴스키   소년의 첫째 발가락, 둘째 발가락, 셋째
            발가락, 넷째 발가락, 다섯째 발가락.
아리엘   저게 그 불쌍한 유대인 남자애의 존나 불쌍한
            발가락 다섯 개거든. 그게 너네 집에서
            발견됐는데, 그래도 너하고 아무 관련이
            없어?
카투리안   (울며) 전 그냥 이야기를 쓴 것뿐이에요!
아리엘   저 발가락 다섯 개는 존나 멋진 결정적
            반전인 거고, 안 그래?
투폴스키   저 새끼 목구멍에 처넣어.

아리엘이 카투리안을 억지로 의자에서 일으킨다.

아리엘   벙어리 여자애는 어디에 있어?! 벙어리 여자애는 어디에 있냐고?!

아리엘이 카투리안의 입속에 억지로 발가락을 쑤셔 넣으려 한다.

투폴스키   저 새끼 목구멍에 처넣지 마, 아리엘. 지금 뭐 하는 거야?

아리엘   저 새끼 목구멍에 처넣으라면서요.

투폴스키   그냥 겁주려고 그런 거잖아! 발가락은 증거물이야! 생각 **좀** 해!

아리엘   '생각 좀 하라'니, 씨발 엔간히 하세요! 다시는 그런 말로 절 건드리지 마시라고요! 그리고 '어린 시절에 문제'가 있었느니 어쩌니 하는 개 좆같은 소리도 그만 하시고요.

투폴스키   하지만 너 어린 시절에 문제가 있었던 건 **맞잖아**…….

아리엘   그만 하시라니까요!

투폴스키   그리고 네 손 좀 봐, 그거 누가 봐도 가짜 피잖아.

아리엘   오, 씨발!

투폴스키   뭐라고 했냐?

아리엘   '씨발!'이라고 했습니다.

**아리엘이 발가락 다섯 개를 바닥에
던지고 침울하게 나간다.**

**투폴스키가 발가락을 주워 모아 다시
상자에 넣는다.**

투폴스키   재 기분이 엄청 상했나 봐.

사 이

카투리안   뭐가 어떻게 돌아가는 건지 저는 전혀
          모르겠습니다.

투폴스키   전혀 모르겠어? 자, 4일 월요일, 오후
          다섯 시 십오 분, 현재 상황을 알려 줄게.
          우리는 네 집에서 증거물을 발견했고,
          게다가 너네 형은, 모자란 새끼건 아니건,
          협박을 받았든 안 받았든 이 살인 사건들에
          대해서 충분히 시인했어. 오늘 저녁이 되기
          전에 사형시켜도 될 만큼 충분히. 하지만,
          아리엘이 말한 것처럼, 네 형은 뒤에서
          계획을 짜고 어쩌고 할 머리가 돌아가질

않으니, 우리는 네 자백도 같이 받아 내려고
하는 거야. 우리는 작가들을 사형시키는 걸
좋아해. 머저리들은 그냥 아무때나 사형시킬
수 있으니까 말이야. 또 그렇게 하고 있고.
하지만 우리가 작가를 사형시킬 때는, 그건
어떤 신호를 보내는 거야, 알겠어? (사 이)
그 신호가 어떤 내용인지는 난 몰라, 그건 내
일하곤 아무 상관 없으니까. 하지만 하여튼
어떤 신호를 보내긴 하지. (사 이) 아니다,
알겠다. 어떤 신호를 보내는지 알겠어. 이런
신호야. '씨발…… 어린…… 아이들……
죽이면서…… 돌아…… 다니지…… 마.'
(사 이) 벙어리 여자애 어디 있어? 네 형은
통 입을 열 생각이 없는 것 같더라고.

카투리안   투폴스키 형사님?

투폴스키   카투리안 씨?

카투리안   지금까지 오랜 시간 형사님 개소리
잘 들었고요, 이제 제가 몇 가지
말씀드리겠습니다. 우리 형이 형사님에게
무슨 말을 했다고 하시는데, 저는 안
믿습니다. 제 생각에 형사님은 두 가지
이유에서 저희한테 누명을 씌우려고 하시는
것 같습니다. 첫째, 무슨 이유에서인지
형사님은 제가 쓰는 종류의 이야기들을

좋아하지 않기 때문이고, 둘째, 무슨
이유에서인지 형사님은 지능 발달이 느린
사람들이 거리를 어지럽히는 걸 좋아하지
않기 때문입니다. 또한 저는 형을 보게
해주기 전까지는 이제 한마디도 하지
않겠습니다. 그러니 저를 실컷 고문하십시오,
투폴스키 형사님, 나는 씨발 더 이상
한마디도 안 할 거니까.

투폴스키 (사 이) 그래. (사 이) 그럼 전기 장치를
가져오는 수밖에.

> **투폴스키가 금속 상자를 가지고
> 나간다. 딸깍 소리를 내며 문이 닫힌다.
> 카투리안의 고개가 아래로 떨어진다.**

> **암전**

2장

카투리안이 아이 방과 유사한 방 안
침대 위에 앉아 있다. 침대는 장난감,
그림, 펜, 종이 들에 둘러싸여 있다.
옆에는 똑같이 생긴 방이 하나 더
있는데, 유리로 만들어진 것 같은 이
방은 자물쇠로 잠겨 있고 칠흑같이
어둡다. 카투리안이 짧은 이야기를
들려주고, 카투리안과 다이아몬드로
치장한 어머니, 염소수염을 하고
안경을 쓴 아버지가 이야기에 맞추어
연기한다.

카투리안   옛날에 작은 소년이 살았습니다. 소년의
어머니와 아버지는 사랑과 온정, 친절함
같은 선한 것만 한껏 쏟아부으며 소년을
키웠습니다. 그들은 예쁜 숲속 커다란
집에 살았고, 소년에게는 자그마한 자기
방도 있었습니다. 소년은 아무런 부족함이
없었습니다. 세상 모든 장난감이 소년의
것이었고, 모든 그림, 모든 책, 종이, 펜도
전부 그의 것이었습니다. 어릴 때부터 모든
창의력의 씨앗이 소년에게 뿌리를 내렸고,
글쓰기는 소년의 첫사랑이 되었습니다.
소년은 짧은 이야기, 동화, 단편 소설을
썼고, 그 내용은 모두 곰과 새끼 돼지와
천사가 등장하는 이야기, 행복하고
흥미진진한 이야기들이었습니다. 어떤
이야기들은 훌륭했고, 어떤 이야기들은 아주
훌륭했습니다. 부모님의 실험이 성공을 거둔
것이죠. 부모님의 실험 중 **첫 번째 부분**이
효과를 거둔 것입니다.

> **어머니와 아버지가 카투리안을
> 어루만지고 키스한 다음, 옆방으로
> 들어가 시야에서 사라진다.**

처음 악몽이 시작된 날은 소년의 일곱 번째
생일날 밤이었습니다. 소년의 옆방은 늘
빗장과 자물쇠가 채워져 있었지만, 소년은
결코 이유를 알 수 없었고 의문을 품은 적도
없었습니다. 그러던 어느 날, 드릴로 구멍을
뚫을 때처럼 낮게 윙윙 거리는 소리, 볼트를
조이는 것 같은 끼익끽 긁는 소리, 뭔지 모를
전기 장치가 둔탁하게 쉭쉭거리는 소리,
입에 재갈이 물린 작은 아이의 숨죽인 비명
소리가 두터운 벽돌 벽 사이로 새어 나오기
시작했습니다. 매일 밤마다요. 매일매일 길고
절망적인 밤을 뜬눈으로 보내고 나면, 소년은
(**어머니에게, 소년의 목소리로**) '어젯밤 그
소리들은 다 무슨 소리였어요, 엄마?' (**보통
목소리로**) 하고 물었고, 그러면 어머니는
언제나 이렇게 대답했습니다…….

어머니   오, 우리 아가, 그 소리는 아주 멋진 네
            상상력이 네게 심하게 장난을 친 거란다.

카투리안   (**소년의 목소리로**) 아. 저 같은 꼬마들은
            모두 밤마다 그런 끔찍한 소리를 듣는
            건가요?

어머니   그렇지 않단다, 우리 아가. 특별히 재능 있는
            아이들만 들을 수 있단다.

카투리안   (**소년의 목소리로**) 오. 멋져요. (**보통

목소리로) 그리고 그걸로 끝이었습니다.
소년은 계속 글을 썼고, 소년의 부모님은
극진한 사랑으로 소년을 계속 격려했지만,
윙윙거리는 소리와 비명 소리는 여전히
계속되었습니다…….

> **악몽 속, 어둑한 옆방에서 여덟 살
> 아이가 침대에 묶인 채 드릴과 전기
> 스파크로 고문을 당하는 것 같은 모습이
> 언뜻 보인다.**

……그리고 소년의 이야기들은 점점 더
어두워지고 어두워지고 어두워졌습니다.
흔히 그렇듯이, 온갖 사랑과 격려 덕분에
이야기들은 점점 훌륭해졌지만, 역시나
흔히 그렇듯이, 아이가 고문당하는 소리를
반복해서 듣다 보니 이야기들은 점점
어두워져 갔습니다.

> **옆방의 조명이 점점 희미해진다.
> 어머니, 아버지, 아이는 더 이상 보이지
> 않는다. 카투리안이 장난감 따위를
> 모두 치운다.**

소년의 열네 번째 생일날이었습니다. 단편
소설 경연 대회의 대상 후보자 명단에
오른 소년은 그날 최종 결과를 기다리고
있었습니다. 그런데 잠긴 방 문 아래로
쪽지 한 장이 슬며시 비어져 나오는
것이었습니다…….

**빨간색 글씨로 쓰인 쪽지 한 장이 방문
아래로 비어져 나온다. 카투리안이
쪽지를 집어 든다.**

……쪽지에는 이렇게 쓰여 있었습니다.
'그들은 7년 동안 너한테는 사랑을 주었고
나한테는 고문을 했어. 다름 아닌 예술적
실험을 이유로 말이야. 예술적 실험은
성공했어. 너 이제 더 이상 작은 초록 돼지에
대해서는 안 쓰는 거야?' 쪽지는 '너의
형'이라는 서명으로 끝을 맺었고, 피로 쓰여
있었습니다.

카투리안이 옆방 문에 도끼질을 한다.

아이가 도끼로 방 문을 부수고 발견한
것은……

조명이 방에 있는 어머니와 아버지 둘만 비춘다. 두 사람은 드릴과 함께 앞에서 묘사한 소리들이 녹음된 테이프를 듣고 있다.

……미소 띤 얼굴로 앉아 있는 부모님 모습, 그것뿐이었습니다. 아버지는 드릴 소리를 내고 있었고, 어머니는 재갈이 물린 아이의 숨죽인 비명 소리를 내고 있었죠. 그들 사이에는 돼지 피가 담긴 작은 항아리 하나가 놓여 있었고요. 아버지는 소년에게 피로 쓰인 쪽지의 뒷면을 보라고 말했습니다. 소년은 그렇게 했고, 단편 소설 경연 대회에서 1등을 차지해 50파운드의 상금을 받게 된 걸 알게 되었습니다. 모두가 소리 내어 웃었습니다. 이렇게 해서 부모님의 실험 중 두 번째 부분이 완성되었습니다.

어머니와 아버지가 카투리안의 침대에 나란히 누워 자고 있다. 조명이 그들 위에서 차츰 희미해진다.

곧이어 그들은 이사를 했고, 악몽 같은 소리들은 끝이 났습니다. 하지만 소년의

이야기들은 여전히 기이하고 비틀린 동시에
훌륭했으며, 소년은 자신에게 기괴한 경험을
선사해 준 부모에게 감사할 수 있었습니다.
몇 년 뒤, 그의 첫 번째 책이 출판되던 날,
그는 이사한 후 처음으로 어릴 때 살던 집을
다시 찾아가 보기로 결심했습니다. 그는
어린 시절 자신의 침실을 서성거렸습니다.
장난감과 그림 들이 모두 여전히 어지럽게
널브러져 있었습니다…….

**카투리안이 옆방으로 들어가 침대에
앉는다.**

……그런 다음 옆방으로 들어갔습니다. 먼지
앉은 낡은 드릴들과 자물쇠들, 전기선이
여전히 아무렇게나 흩어져 있었습니다.
그는 이 모든 것들이 얼마나 미친
짓이었는지 떠올리며 미소를 짓다가, 이내
미소를 잃었습니다. 무언가가 언뜻 눈에
들어왔는데……

**침대가 몹시 불룩해 보인다. 그가
매트리스를 잡아당기자 아이의 끔찍한
시체가 드러난다…….**

······열네 살 아이의 시체가 부패된 채
방치되어 있었습니다. 뼈가 부러지거나 불에
탄 흔적이 거의 없는 그 시체의 손에는 피로
휘갈겨 쓴 이야기 하나가 쥐어져 있었습니다.
소년은 그 이야기를 읽었습니다. 가장 끔찍한
환경에서나 쓸 수 있을 이야기였고, 그럼에도
그가 지금까지 읽어 본 이야기 중에 가장
감미롭고 다정한 이야기였지만, 최악인
부분은 따로 있었습니다. 그건 그 이야기가
자신이 지금까지 쓴, 아니 앞으로 쓰게 될 그
어떤 이야기보다 훌륭하다는 것이었습니다.

**카투리안이 라이터를 쥐고 이야기에
불을 붙인다.**

그래서 그는 이야기를 태웠고, 형을 다시
덮었으며, 자신이 본 것에 대해서는
누구에게도 단 한 마디도 언급하지
않았습니다. 부모님에게도, 출판사에도, 어느
누구에게도. 그렇게 부모님의 실험 마지막
부분이 끝났습니다.

**조명이 옆방을 차츰 어둡게 만들고,
어머니 아버지가 여전히 누워 있는 침대**

위를 희미하게 비춘다.

카투리안의 이야기 '작가와 작가의 형제'는
거기에서 침울한 분위기로 세련되게 끝을
맺었습니다. 똑같이 침울하지만 자기에게
불리한, 좀 더 진실에 가까운 자세한
이야기는 언급하지 않은 채 말입니다. 진실은
이랬습니다. 그가 피로 쓰인 쪽지를 읽고
옆방에 들이닥친 후 그곳에서 발견한 것은,
당연히……

**아이의 시체가 침대에 꼿꼿이 앉아
거칠게 숨을 헐떡인다.**

……그의 형이었습니다. 엄밀한 의미에서는
살아 있다고 할 수 있었지만, 손을 쓸 수
없을 정도로 뇌 손상을 입은. 그리고 그날
밤, 부모님이 잠을 자는 동안 열네 살 생일을
맞은 소년은 아버지의 머리 위에 잠시 베개를
덮었습니다…….

**카투리안이 베개로 아버지를
질식시킨다. 아버지의 몸이 경련을
일으키다가 죽는다. 그는 어머니의**

어깨를 두드린다. 어머니는 졸린 눈을
뜨고, 입을 벌린 채 죽어 있는 남편을
본다.

……그리고, 어머니를 살짝 깨워 창백하게
죽어 있는 남편을 보게 한 뒤, 어머니의 머리
위에도 잠시 베개를 덮었습니다.

카투리안이 무표정한 얼굴로, 비명을
지르는 어머니의 머리 위에 베개를
덮는다. 어머니의 몸이 격렬하게
경련을 일으키지만, 그는 힘껏 베개를
내리누르고, 이때 조명이 서서히
어두워진다.

2막

감방. 마이클이 나무 의자에 앉아, 허벅지를 톡톡 두드리면서, 옆방에서 고문을 받느라 간간이 터져 나오는 동생 카투리안의 비명 소리에 귀를 기울인다. 몇 미터 떨어진 곳에 얇은 매트리스가 놓여 있고 그 위에 담요와 베개가 있다.

마이클   '옛날 옛날…… 아주 아주 먼 곳에……'

> **카투리안이 다시 비명을 지른다.**
> **마이클은 비명 소리가 사라질 때까지**
> **길게 소리를 흉내 낸다.**

'옛날 옛날, 아주 아주 먼 곳에, 작은 초록
돼지가 살고 있었어요. 작은 초록 돼지가
살고 있었어요. 돼지는 초록색이었어요.
음……'

> **카투리안이 다시 비명을 지른다.**
> **마이클은 그 소리가 사라질 때까지**
> **흉내 내다가 자리에서 일어나 주변을**
> **서성거린다.**

'옛날 옛날, 아주 아주 먼 곳에, 작은 초록
돼지가 살고 있었어요…….' 아니 아주 아주
먼 곳이 맞나? 거기가 어디였더라? (사 이)
맞아, 아주 아주 먼 곳이었고, 그는 작은 초록
돼지였……

> **카투리안이 비명을 지른다. 마이클이**
> **이번엔 짜증을 내면서 소리를 흉내**

낸다.

아, 입 좀 닥쳐, 카투리안! 네가 정신없이
소리를 지르니까 내가 지금 작은 초록
돼지 이야기를 자꾸 까먹잖아! (사 이)
그런데 작은 초록 돼지가 다음에 뭘 했더라?
그는…… 그는 남자에게 말했습니다……
그는 남자에게 말했습니다, '안녕하세요……
아저씨……'

**카투리안이 비명을 지른다. 마이클은
가만히 듣고 있다.**

아, 난 아무리 해도 네가 하는 것처럼
이야기를 만들 수가 없네. 저 사람들이
얼른 빨리 네 고문을 멈추면 좋겠다. 나
심심해. 여긴 지루하단 말이야. 얼른 멈추면
좋겠다…….

**옆방의 빗장이 풀리는 소리. 마이클이
그 소리를 듣는다. 마이클 감방의
빗장이 풀리고, 피투성이가 되어 숨을
헐떡이는 카투리안을 아리엘이 방
안으로 내동댕이친다.**

아리엘   넌 이따가 다시 할 거야. 밥 먹고 와서.

> 마이클이 아리엘에게 엄지손가락을
> 치켜올린다. 아리엘이 나가면서 빗장을
> 지른다. 마이클은 바닥에서 떨고 있는
> 카투리안을 대충 훑어보고, 머리를
> 쓰다듬기 위해 다가가지만, 도저히
> 쓰다듬지 못하고 의자에 앉는다.

마이클   안녕.

> 카투리안이 마이클을 올려다보고,
> 기어가서 마이클의 다리를 끌어안는다.
> 마이클은 어색해하며 카투리안을
> 우두커니 내려다본다.

뭐하는 거야?

카투리안   형 다리에 매달리는 거야.

마이클   아. (사 이) 왜?

카투리안   몰라, 나 너무 아파! 아플 때 형 다리에
매달리면 안 돼?

마이클   물론 되지, 카투리안. 그냥 좀 이상한 것
같아서.

카투리안   (사 이) 그나저나 형은 괜찮아?

마이클	아주 좋아. 그냥 조금 심심해. 와, 너 엄청나게 소리를 지르더라. 그 사람들이 어떻게 한 거야, 널 고문했어?
카투리안	응.
마이클	(쯧쯧 하고 혀 차는 소리를 낸다. 사 이) 아팠어?

카투리안이 마이클의 다리를 놓는다.

카투리안	아프지 않으면, 마이클, 고문이 아니겠지, 안 그래?
마이클	그렇겠네.
카투리안	형은 아팠어?
마이클	어디가 아파?
카투리안	그 사람들이 형을 고문했을 때.
마이클	그 사람들은 나한테 고문 안 했는데.
카투리안	뭐?

**카투리안이 처음으로 형을 훑어보고,
상처나 멍이 없다는 걸 확인한다.**

마이클	진짜야. 그 남자가 날 고문하겠다고 했지만, 난 생각했지, '절대 안 돼, 으아, 그러면 아플 거잖아.' 그래서 그 남자가 듣고 싶은 말을

전부 그냥 다 해줬어. 그랬더니 나한테 잘해
주던데.

카투리안 하지만 난 형이 비명 지르는 소리를
들었는데.

마이클 맞아. 그 사람이 나한테 비명을 지르라고
했어. 내가 엄청 잘한다고 그랬어.

카투리안 그래서 그 사람이 형한테 무슨 말을 해야
하는지 알려줬고, 형은 그 말에 동의했다는
거야?

마이클 응.

카투리안 (사 이) 형, 나한테 형 목숨을 걸고 맹세해.
그 아이들 셋 형이 죽이지 않았다고.

마이클 내 목숨을 걸고 맹세해. 그 아이들 셋 내가
죽이지 않았어.

**카투리안이 안도의 한숨을 쉬고,
마이클의 다리를 다시 끌어안는다.**

카투리안 무슨 서명 같은 거 했어?

마이클 어? 너도 알잖아, 나 서명 같은 거 할 줄
모르는 거.

카투리안 그럼 어쩌면, 우리 아직은 이 일에서 벗어날
수 있을 거야.

마이클 뭐에서 벗어나는데?

카투리안	아이들 셋을 살해한 죄로 사형당하는 거에서 벗어나는 거지, 마이클.
마이클	아이들 셋을 살해한 죄로 사형당하는 거에서 벗어나는구나. 그거 좋겠다. 그런데 어떻게?
카투리안	우리한테 불리한 증거는 형이 말한 내용하고, 그 사람들이 집에서 발견했다는 그것뿐이야.
마이클	어떤 거?
카투리안	그 사람들은 발가락이 잔뜩 들어 있는 상자를 가지고 있었어. 아니, 잠깐만. 그게 발가락이라는 건 그 사람들 **말이** 그런 것뿐이잖아. **그렇게** 발가락처럼 생기지도 않았던데. 다른 거였을 수도 있잖아. 이런 씨발. (사 이) 게다가 그 사람들이 형도 고문했다고 했고, 그 사람 두 손이 온통 피로 범벅이었어. 그런데 그 사람이 형을 전혀 건드리지 않았다는 거지?
마이클	응. 나한테 햄 샌드위치를 줬는데. 근데 난 상추를 **빼야** 했어. 맞아.
카투리안	잠깐 생각 좀 할게. 잠깐 생각 좀……
마이클	넌 생각하는 걸 좋아해, 그치?
카투리안	우리 왜 이렇게 멍청한 거지? 왜 그 사람들이 하는 말을 곧이곧대로 듣고 있는 거야?
마이클	왜?
카투리안	이건 꼭 스토리텔링 같은 거야.

마이클   맞아.

카투리안   어떤 남자가 방으로 들어와서, 말해, '너네 어머니가 죽었다.' 응?

마이클   알아, 우리 엄마는 죽었지.

카투리안   아니, 그래 맞아, 근데 그게 아니고 이야기 안에서 말이야. 어떤 남자가 방으로 들어와서, 다른 남자한테 말해. '너네 어머니가 죽었다.' 여기에서 우리가 알 수 있는 게 뭐지? 두 번째 남자의 어머니가 죽었다는 거?

마이클   응.

카투리안   아니, 우린 몰라.

마이클   아니, 우린 몰라.

카투리안   우리가 아는 건, 어떤 남자가 방으로 들어와서 다른 남자한테 '너네 어머니가 죽었다'라고 말했다는 게 전부라고. 우리가 아는 건 그게 전부란 말이야. 스토리텔링의 첫 번째 법칙, '신문에서 읽은 내용을 다 믿어서는 안 된다.'

마이클   난 신문 안 읽어.

카투리안   좋아. 그럼 형은 언제나 다른 사람들보다 한발 앞서 갈 거야.

마이클   네가 무슨 말을 하는지 도저히 모르겠어, 카투리안. 그래도 재미있긴 해.

카투리안	어떤 남자가 방으로 들어온다, 말한다, '네 형이 방금 아이 셋을 살해했다고 자백했고, 우리는 너희 집에서 그중 한 아이의 발가락이 들어 있는 상자를 발견했다.' 이 말에서 우리는 뭘 알 수 있지?
마이클	아! 알겠다!
카투리안	형이 아이 셋을 죽였다는 걸 알 수 있을까?
마이클	아니.
카투리안	아니지. 형이 아이 셋을 죽였다고 **자백했다**는 걸 알 수 있을까?
마이클	아니.
카투리안	아니지. 그 사람들이 집에서 아이의 발가락이 들어 있는 상자를 발견했다는 걸 알 수 있을까? 아니. 그런데 우린 지금…… 이런 씹…….
마이클	왜?
카투리안	살해된 아이들이 있었는지조차 알 수 없는 거라고.
마이클	그건 신문에 나왔잖아.
카투리안	신문을 누가 관리하지?
마이클	경찰. 오오. 너 진짜 똑똑하다.
카투리안	이런 세상에. '전체주의 국가에 사는 어떤 작가가 심문을 받는다. 그가 쓴 짧은 이야기들에 담긴 섬뜩한 내용이 그가 사는

마을에서 벌어지고 있는 몇 건의 아동 살해 사건 정황과 유사하다는 이유에서다. 몇 건의 아동 살해 사건은…… 사실상 아예 일어난 적이 없다.' (사 이) 지금 펜이 있다면 좋을 텐데. 이번 일로 괜찮은 이야기 한 편을 쓸 수도 있겠어. 우리가 한 시간 안에 사형당하지 않는다면 말이야. (사 이) 그 사람들이 무슨 짓을 하든, 마이클, 뭘 하든, 절대로 서명하면 안 돼. 그 사람들이 형한테 무슨 짓을 하든, 절대로 서명하지 마. 내 말 알겠어?

마이클 그 사람들이 나한테 무슨 짓을 하든, 난 절대로 서명 안 해. 그 사람들이 나한테 무슨 짓을 하든, 나는 절대로 서명 안 해. (사 이) 네 이름으로는 서명해도 돼?

카투리안 (미소 지으며) 내 이름으로는 **더더욱** 서명하면 안 돼. 내 이름으로는 **더더욱** 서명하면 안 돼.

마이클 '나는 많은 아이들을 죽였다.' 카투리안 카투리안 서명. 하!

카투리안 어우, 제발 좀…….

마이클 '그리고 이 일에 그의 형 마이클은 전혀, 요만큼도 관련이 없었다.' 카투리안 카투리안 서명. 하!

카투리안   나한테 죽을 줄 알아…….

마이클   안 돼…….

**카투리안이 형을 끌어안는다. 마이클도
카투리안을 끌어안는데, 카투리안의
상처 부위를 너무 꽉 안는다.**

카투리안   아, **씨발**, 마이클!

마이클   미안, 카투리안.

카투리안   괜찮아. (사 이) 우린 괜찮을 거야, 마이클.
           우린 괜찮을 거야. 우린 여길 나가게 될 거야.
           우리가 힘을 합치기만 하면.

마이클   응. 그런데 오늘 내 엉덩이가 너무 가려워. 왜
           그런지 모르겠어. 그 파우더 좀 남았어?

카투리안   아니, 형이 다 썼잖아. 엄청 퍼다 쓰더라니.

마이클   음. 그런데 어쨌든 우리 당분간 집에 안 갈
           거지, 그치?

카투리안   응.

마이클   그러면 엉덩이가 가려워도 그냥 여기에 앉아
           있어야겠네.

카투리안   응, 그런데 엉덩이 얘기 계속 해 줄래?
           엉덩이 얘기를 들으면 기분이 정말
           좋아지거든.

마이클   세상에, 진짜야? 아니, 너 괜히 멍청하게

87

굴려는 거지. 엉덩이가 기분을 좋게
만들다니, 어떻게 그러냐?

카투리안 그건 어떤 엉덩이냐에 따라 다르지.

마이클 뭐라고? 너 바보 같아. **(사 이)** 저기 근데,
엉덩이가 가려워. 정말이야. 네가 여기
있으니까, 되게 안 긁으려고 하는데, 그래도
진짜 너무 가렵다. **(사 이)** 엉덩이, 가려운
엉덩이. **(사 이)** 이야기 좀 해 줘, 카투리안.
엉덩이 생각 안 나게…….

카투리안 형이 가려운 엉덩이 생각을 안 하게…….

마이클 그래, 내 가려운 엉덩이…….

카투리안 무슨 이야기를 해줄까?

마이클 음, '작은 초록 돼지'.

카투리안 안 돼. **(어린 아이 말투로)** 그 이야긴 너무
유치해…….

마이클 **(어린 아이 말투로)** 너무 유치한 이야기
아니야, **(평소 목소리로)** 재미있는 '작은
초록 돼지'야. 방금 그 이야기를 기억하려고
노력하고 있었어.

카투리안 싫어, 다른 이야기 할래. 무슨 이야기를 할까?

마이클 '필로우맨' 해.

카투리안 **(미소 지으며)** 왜 '필로우맨'이야?

마이클이 어깨를 으쓱한다.

에이, 그건 꽤 옛날 이야기잖아, 안 그래?

마이클 맞아, 그건 꽤 옛날 이야기 같긴 해.

카투리안 가만, 시작이 어떻게 되더라……?

마이클 '옛날 옛날에……'

카투리안 알아, 그런데 진짜로 어떻게 시작하는지 생각하는 중이야…….

마이클 (**짜증 내며**) '옛날 옛날에……'

카투리안 알겠어, 젠장. (**사 이**) 옛날 옛날에…… 한 남자가 있었는데, 이 남자는 보통 남자들과는 다르게 생겼어. 키가 3미터쯤 됐고……

마이클이 위를 올려다보며, 조용히 휘파람을 분다.

그리고 온몸이 푹신푹신한 분홍색 베개로 만들어졌어. 팔도 베개, 다리도 베개, 몸통도 베개였고, 손가락도 전부 작은 베개였어. 심지어 머리도 베개였지. 크고 둥근 베개.

마이클 **원형** 베개.

카투리안 똑같은 거야.

마이클 하지만 난 '**원형** 베개'가 더 마음에 들어.

카투리안 그의 머리는 원형 베개였어. 그리고 머리에는 단추로 만든 두 눈과 미소 짓는 커다란 입이 있었는데, 항상 미소를 짓고 있어서, 항상

이빨이 드러났어. 이빨도 베개로 만들어졌어.
작고 하얀 베개들.

마이클   '베개들'. 네 입도 필로우맨 입처럼 씨익 웃어
봐.

**카투리안이 바보처럼 활짝 웃어
보인다. 마이클은 카투리안의 입술과
뺨을 다정하게 어루만진다.**

카투리안   그래, 필로우맨은 이렇게 생겨야 했어,
부드럽고 안전해 보여야 했지, 그가 하는 일
때문에 말이야. 그가 하는 일은 아주 슬프고
아주 어려운 일이었거든…….

마이클   어어, 이제 시작한다…….

카투리안   어떤 남자나 여자가, 삶이 몹시 끔찍하고
힘들어서 너무 너무 슬플 때, 그래서 모든 걸
끝내고만 싶을 때, 스스로 목숨을 끊고 모든
괴로움에서 벗어나고만 싶을 때, 그래서,
음, 면도날이나 총, 가스…… 같은 걸로 막
그렇게 하려고 할 때마다……

마이클   아니면 아주 높은 데서 뛰어내리거나.

카투리안   그래. 뭐든 더 마음에 드는 자살 방법으로.
아마도 '더 마음에 든다'는 말이 적절한
표현은 아니겠지만, 아무튼, 그 사람이 막

그렇게 하려고 할 때, 필로우맨이 그들에게
다가가. 그리고 곁에 앉아서, 다정하게 안아
주며, '잠깐만'이라고 말해. 그러면 이상할
정도로 시간이 천천히 흐르고, 그렇게 시간이
천천히 흐르면 필로우맨은 그 남자 혹은
여자가 어린 소년이나 어린 소녀였던 시절로
거슬러 올라갔어. 그들이 겪어야 했던 끔찍한
삶이 아직 시작하지 않았던 때로 말이야.
필로우맨이 하는 일은 아주 아주 슬픈
일이었어. 왜냐하면 필로우맨이 하는 일은 그
아이가 스스로 목숨을 끊게 하는 거였거든.
그 아이가 나중에 겪을 고통스러운 시간들을
피할 수 있도록 말이야. 그냥 놔둬봤자
어차피 결국엔 같은 상황에 놓일 거였지.
오븐에 머리를 넣든, 엽총으로 머리를 쏘든,
호숫가에 들어서든. '하지만 어린 아이가
스스로 목숨을 끊는다는 소리는 들어본
적이 없는데.' 사람들은 이렇게 말할지
몰라. 글쎄. 필로우맨은 항상 비극적인
사고처럼 보이는 방식으로 자살할 수 있는
방법을 아이들에게 제안해 줬어. 사탕하고
똑같이 생긴 알약이 들어 있는 약병을 보여
준다든지, 강 위에 아주 얇은 살얼음만 끼어
있는 곳을 알려 준다든지, 주차돼 있긴

하지만 그 사이로 뛰어다니기엔 너무 위험한
자동차들을 보여준다든지, 숨 쉴 구멍이
없는 비닐봉지를 보여 주고 정확하게 조이는
방법을 알려 주는 거지. 왜냐하면 엄마들과
아빠들은 다들 늘 똑같기 때문이야. 다섯
살짜리 애가 자기 삶이 거지같다는 걸 알아
버려서, 그런 삶을 피하기 위해 무슨 조치를
취했다는 사실보다는, 비극적인 사고로 그
애를 잃어버리고 말았다고 믿는 쪽이 훨씬
쉬웠지. 그런데 모든 아이가 필로우맨의 말을
따른 건 아니었어. 한 작은 소녀가 있었어.
삶은 끔찍해질 수 있고, 네 삶도 그렇게 될
거라고 필로우맨이 말했지만, 언제나 행복한
이 아이는 그 말을 믿으려 하지 않았어.
소녀는 필로우맨을 쫓아 버렸고, 필로우맨은
울면서 떠났는데, 왕방울 같은 눈물을 뚝뚝
흘리며 우는 바람에 이렇게 커다란 웅덩이가
만들어졌어. 다음 날 밤, 또다시 소녀의 침실
문을 두드리는 소리가 들렸고, 소녀는 이렇게
말했어. '가 버려, 필로우맨. 내가 말했잖아,
난 행복하다고. 나는 **항상** 행복**했고** 앞으로도
항상 행복할 **거야**.' 하지만 그건 필로우맨이
아니었어. 다른 남자였어. 그리고 소녀의
엄마는 집에 없었어. 이 남자는 엄마가 집에

없을 때마다 소녀를 찾아왔고, 소녀는 곧
아주 아주 슬퍼졌어. 스물한 살이 되었을 때
소녀는 오븐 앞에 앉아 필로우맨에게 이렇게
말했어. '왜 그때 날 설득하려 하지 않았어?'
필로우맨은 말했어. '널 설득하려 했지만,
넌 무척 행복했었어.' 그러자 소녀는 가스를
가장 세게 틀면서 말했어. '하지만 난 한 번도
행복한 **적 없었어. 행복한 적 없었어.**'

마이클   음, 결론으로 건너뛰면 안 될까? 이 부분은
            조금 지루해.

카투리안   이런, 마이클 형, 그 말은 좀 심했다.

마이클   아. 미안, 카투리안. (사 이) 그래도
            결론으로 건너뛸 순 없을까?

카투리안   (사 이) 흠…… 필로우맨의 결론은……
            자 봐봐, 필로우맨이 자기 일에 성공하면,
            어린아이는 끔찍하게 죽어. 그리고
            필로우맨이 성공하지 못하면, 어린아이는
            끔찍한 삶을 살고, 자라서 어른이 되어서도
            역시 끔찍한 삶을 살다가 **나중에** 끔찍하게
            죽게 되지. 그래서 그렇게 덩치가 크고
            그렇게 푹신푹신한 필로우맨은 하루 종일
            울면서 돌아다녔고, 그 바람에 온 집 안에
            웅덩이가 생겼어. 그러다 필로우맨은
            결심했어. 마지막으로 딱 한 번만 일을 하고

	다시는 하지 않기로. 그래서 전부터 기억해 둔 예쁜 개울가로 향했어…….
마이클	나 이 부분 좀 좋아해…….
카투리안	그리고 필로우맨은 작은 휘발유통을 가지고 왔어. 그곳에는 가지가 늘어진 아주 늙은 버드나무가 있었는데, 필로우맨은 그 아래에 앉아서 잠시 기다렸어. 그 아래에는 작은 장난감들이 있었고, 그리고……
마이클	어떤 장난감이었는지 말해 줘.
카투리안	작은 자동차, 작은 장난감 강아지, 만화경이 있었어.
마이클	장난감 강아지가 있었어?! 짖기도 했어?
카투리안	뭘 했냐고?
마이클	짖기도 했어?
카투리안	어…… 응. 아무튼, 근처에 작은 이동식 주택이 있었는데, 필로우맨은 문이 열리는 소리와 작은 발자국이 다가오는 소리를 들었어. 그리고 소년의 목소리를 들었어. '놀다 올게요, 엄마.' 그러자 엄마가 말했어. '그래, 차 마시는 시간에 늦지 마라, 아들.' '안 늦을게요, 엄마.' 필로우맨은 작은 발자국 소리가 점점 가까이 다가오는 소리를 들었어. 그런데 버드나무 가지들 사이로 드러난 아이의 모습은 그냥 어린 소년이 아니었어.

어린 필로우보이였어. 필로우보이가
필로우맨에게 말했어. '안녕.' 필로우맨도
필로우보이에게 말했어. '안녕.' 그리고 둘은
한동안 장난감을 가지고 놀았어…….

마이클　　자동차하고 만화경, 그리고 멍멍 짖는 작은
장난감 강아지를 가지고. 하지만 작은 장난감
강아지를 제일 많이 가지고 놀았을 거야,
그치?

카투리안　　그리고 필로우맨은 필로우보이에게 자신의
슬픈 일, 죽은 아이들, 그런 이야기들을 전부
털어놓았고, 어린 필로우보이는 그 말을
곧장 이해했어. 필로우보이는 아주 행복한
어린 친구였고, 그 아이가 바라는 건 오직
다른 사람들을 돕는 것뿐이어서, 아이는
스스로 온몸에 휘발유를 쏟아부었지. 미소
띤 입은 여전히 미소를 짓고서. 필로우맨이
눈물을 뚝뚝 흘리면서 필로우보이에게
'고맙다'고 말하자, 필로우보이는 대답했어.
'괜찮아. 우리 엄마한테 오늘 밤엔 내가 차를
마시지 못할 거라고 말해 줘.' 필로우맨은
'그래, 그럴게.'라고 말했지만, 거짓말이었어.
그리고 필로우보이가 성냥에 불을 붙였고,
필로우맨은 거기에 앉아 필로우보이가 불에
타는 모습을 지켜보았어. 그리고 필로우맨도

서서히 사라지기 시작했는데, 그러는 동안
그가 마지막으로 본 것은, 행복하게 미소
짓는 필로우보이의 입이었어. 하지만 그
입마저도 서서히 녹기 시작하더니 지독한
냄새를 풍기면서 완전히 사라져 버렸지. 그게
필로우맨이 마지막으로 본 광경이었어. 그가
마지막으로 들은 소리는 전혀 예상하지 못한
거였어. 그가 마지막으로 들은 소리는 자기가
자살을 도와 주었던 수십만 명 아이들의 비명
소리였어. 그 아이들이 모두 다시 살아나,
자기들 앞에 운명 지워진 차갑고 비참한
삶을 계속 살게 되었고, 더 이상 필로우맨이
곁에서 도와줄 수 없었기 때문에, 결국
슬프게도 스스로 죽음을 자초하면서 비명을
질렀던 거야. 물론 이제는 철저히 혼자서
목숨을 끊어야 했지.

마이클 흠. (사 이) 사실 난 결말이 잘 이야기 안
돼, 어, 그래서 필로우맨은 그냥 사라진 거야?
와.

카투리안 응, 그냥 사라졌어. 한 번도 존재한 적이
없었던 것처럼.

마이클 공중으로.

카투리안 공중으로. 어디로든.

마이클 천국으로.

카투리안	아니. 거기만 빼고 다른 어디로든.
마이클	난 필로우맨이 좋아. 필로우맨이 제일 좋아.
카투리안	이야기가 조금 비관적이지, 인정할게. 근데, 형 엉덩이 가려운 건 이제 괜찮아?
마이클	아, 네가 말하기 전까지는 괜찮았어! 으악! **(자세를 고쳐 앉는다)** 흠. 하지만 난 여전히 이해가 안 돼.
카투리안	뭐가 이해가 안 돼? '필로우맨'이 이해가 안 돼?
마이클	아니, 난 정말 잘 숨겼다고 생각했는데.
카투리안	뭘 정말 잘 숨겼는데?
마이클	그 어린 남자애의 발가락이 담긴 상자 말이야. 난 정말 잘 숨겼다고 생각했어. 그러니까, 처음엔 서랍 속에 내 양말과 팬티 아래에 넣었어. 그래, 그땐 그렇게 잘 숨긴 건 아니긴 했어. 근데 발가락에서 냄새가 나기 시작해서, 그다음엔 다락에 있는 크리스마스트리 화분 흙 속에 숨겼어. 아무래도 크리스마스트리 화분은 한참 동안 다시 꺼낼 일이 없을 거잖아. 예를 들면 크리스마스 때까지는 말이야. 그리고 그렇게 하면 곰팡이가 필 시간이 충분하잖아. 벌써 약간 곰팡이가 폈던데. 네가 봤을 때 곰팡이 폈지?

97

**카투리안이 고개를 끄덕인다. 기운이
빠진 것 같다.**

그 사람들 틀림없이 마약 탐지견 같은 걸
이용했을 거야. 마약 탐지견 알지? 그런
걸 이용한 게 틀림없어. 왜냐하면, 말이
안 되잖아, 내가 얼마나 꽁꽁 숨겼는데.
크리스마스트리 화분에. 일 년에 딱 한 번만
들여다보는 덴데.

카투리안 형이 아까 나한테 말했잖아……. 그 아이들
건드리지 않았다고 아까 나한테 말했지. 형
나한테 거짓말한 거네.

마이클 아니, 난 거짓말 안 했는데. 내가 아까
너한테 한 말은 이거지. 그 남자가 들어와서
내가 그 아이들을 죽였다고 말하지 않으면
날 고문하겠다고 말했고, 그래서 내가 그
아이들을 죽였다고 말했다는 거. 그건
내가 그 아이들을 죽이지 않았다는 의미가
아니잖아. 난 그 아이들을 죽였어.

카투리안 형 나한테 맹세했잖아, 형 목숨을 걸고, 그
아이들 셋 죽이지 않았다고.

마이클 오. 맞아, 그랬지, '형 목숨을 걸고 나한테
맹세해, 형이 그 아이들 셋 죽이지 않았다는
거'에 내가 맹세했지, 맞아, 내가 장난 좀

쳤어. 미안, 카투리안.

**카투리안이 마이클로부터 매트리스를
향해 뒷걸음질 친다.**

알아, 내가 잘못했어. 정말이야. 근데
진짜 재미있었어. 그 어린 남자애는 네가
이야기한 그대로더라. 내가 걔 발가락들을
내려쳤는데, 비명 한 번을 안 지르는 거야.
그냥 그 자리에 앉아서 날 보고 있었어.
엄청 놀랐나 봐. 그 나이엔 다 그런가. 걔
이름은 아론이었어. 괴상하고 작은 모자를
썼는데, 엄마 이야기를 계속 하는 거야. 근데
세상에, 피를 엄청 흘리는 거야. 그렇게
작은 아이 몸속에 그렇게 많은 피가 있을
줄은 넌 생각도 못 했을 걸. 그러다가 피가
멈추니까 애가 싹 하얘지는 거야. 불쌍해.
지금 생각하니까 너무 안 됐네, 아주 착한
아이 같았는데. '이제 엄마 보러 집에 가도
돼요?' 그러더라고. 근데 그 여자애는
완전 짜증이었어. 눈이 튀어나올 정도로
소리소리 지르면서 우는 거야. 절대로 안
먹으려고 하고 말이야. 그거, 사과 인형을 안
먹겠다는 거야, 내가 그거 만드느라 **세월을** 다

보냈는데. 그 안에다 면도날을 넣는 게 정말 힘들었거든. 네 이야기에는 사과 속에 면도날 넣는 방법이 없더라, 그치? 내가 확인해 봤거든. 아무튼, 그래서 나는 그 애한테 억지로 사과 인형을 먹여야 했어. 딱 두 개면 끝이던데. 내가 막 못되게 굴지 않았는데도, 어쨌든 입을 다물더라. (사 이) 옷에 묻은 거 지우려면 정말 힘들겠지, 그치? 피 말이야. 내일 네 셔츠 한번 빨아 봐. 시간이 오래 걸릴 거야. 한번 해 봐. (사 이) 카투리안? (사 이) 내가 빨아 줄게, 네가 괜찮으면. 나 이제 엄청 잘해.

카투리안　　(사 이 . **조용한 목소리로**) 왜 그랬어?

마이클　　어? 너 왜 이렇게 중얼거리면서 말해.

카투리안　　(**눈물을 흘리며**) 왜 그랬어?

마이클　　울지 마, 카투리안. 울지 마.

마이클이 카투리안을 안으려고 다가간다. 카투리안은 혐오스럽다는 듯 뒷걸음질 친다.

카투리안　　왜 그랬어?

마이클　　그게. 네가 그러라고 했잖아.

카투리안　　(사 이) 내가 뭘 하라고 했는데?

마이클   네가 그러라고 했잖아.

카투리안 (사 이) 형한테 제 시간에 숙제하라고 말한
         건 기억나. 매일 밤 이 닦으라고 말한 건
         기억나…….

마이클   매일 밤 이 닦았어…….

카투리안 아이들 몇 명 데려가서 도살하라고 말한
         기억은 없어.

마이클   아이들 도살 안 했는데. '도살'이라니, 도살은
         이런 거잖아…….

         **마이클이 누군가를 잔인하게
         난도질하는 흉내를 낸다.**

         나는 이랬다고……

         **마이클이 상상 속 발가락들을 한 차례
         부드럽게 내려친 다음, 조심스럽게
         던지는 흉내를 낸다…….**

         그리고……

         **마이클이 두 개의 사과 인형을 작은 입
         속에 넣고 삼키는 흉내를 낸다.**

'아이들을 도살하다'니, 그 말은 조금 심하다.
그리고 네가 나한테 이야기 안 해 줬으면,
난 아무 짓도 안 했을 거야. 그러니까 너
그렇게 죄 없는 척 하지 마. 네가 나한테
해 주는 이야기들 보면 전부 다 그렇잖아.
어떤 사람한테 끔찍한 일이 일어나잖아.
난 그냥 그 이야기들이 얼마나 황당한
건지 시험해 본 거였어. 왜냐하면 난 맨날
그렇게 생각했거든. 그중에 몇 개는 조금
억지스럽다고 말이야. (사 이) 근데 그거
알아? 네 이야기들 말이야, 아주 억지스러운
건 아니더라.

카투리안   어째서 착한 이야기는 한 번도 실행하지
않았어?

마이클   네가 착한 이야기를 하나도 안 썼으니까.

카투리안   나 착한 이야기도 많이 썼어.

마이클   어, 그래, 두 개쯤 되나.

카투리안   아니야, 형이 왜 착한 이야기는 실행하지
않았는지 말해 줄까?

마이클   그래.

카투리안   왜냐하면 형은 어린애들을 죽이는 걸 즐기는
개 씹 가학적인 머저리 변태 새끼니까.
그래서 내가 상상할 수 있는 가장 다정한
이야기만 썼다 해도, 어차피 결과는 씨발

똑같았을 거야.

마이클   글쎄…… 그거야 모르지 뭐, 안 그래? 왜냐면
넌 한 번도 착한 이야기를 쓴 적이 없잖아.
(사 이) 그리고 난 걔들 죽이는 거 즐기지
않았어. 엄청 짜증 났다구. 시간이 얼마나
오래 걸렸는데. 그리고 난 걔들 죽일 **생각은**
없었어. 그냥 어떤 아이는 발가락을 잘라
보고, 어떤 아이는 목구멍에 면도날을 넣어
본 거야.

카투리안   그러니까 지금 형 말은, 어린 남자애의
발가락을 자르고 어린 여자애의 목구멍에
면도날을 밀어 넣고는, 그 아이들이 죽을
거라는 건 몰랐다는 거야?

마이클   뭐, 알지. **지금은.**

> **카투리안은 두 손에 머리를 파묻으며**
> **이 상황에서 벗어날 방법을 생각하려**
> **애쓴다.**

있잖아, 고문하는 남자는 확실히 내 편인
것 같았어. 전부 네 잘못이라고 동의하는
것 같더라. 그러니까, 대체로 네 잘못이라는
말이야.

카투리안   (사 이) 형이 그 사람한테 뭐라고 했는데?

마이클	그냥 사실을 말했어.
카투리안	구체적으로 어떤 사실?
마이클	그냥, 뭐, 내가 아이들한테 그렇게 한 건 순전히 네가 써서 나한테 읽어 준 이야기들을 똑같이 따라 한 거라고 했지.
카투리안	경찰한테 그렇게 말했어?
마이클	응. 맞아, 사실 그대로 말했어.
카투리안	그건 사실이 아니잖아, 마이클.
마이클	사실 맞잖아.
카투리안	아니, 사실이 아니야.
마이클	자, 너 아이들이 살해당한 이야기들을 **썼지?**
카투리안	그래, 하지만……
마이클	자, 네가 나한테 그 이야기들을 **읽어줬지?**
카투리안	그래…….
마이클	자, 내가 나가서 아이들을 **죽였나?** (사 이) 이 질문의 답은 '그래, 내가 그랬어'야. 그러니까 나는 '그건 사실이 아니야'라는 말이 어떻게 말이 되는지 이해가 안 가. '과학적인* 머저리 변태 새끼'라는 말은 봐줄게. 그러니까, 넌 내 동생이고 나는 널 사랑하니까. 근데 말이야, 너 알아? 조금 전에도 네가 20분 동안 어떤 놈에 대해 이야기해 줬다는 거 말이야. 그놈이 평생 해 온 일은 어린 꼬맹이들한테, 최소한, 자기

몸에 불을 지르게 만드는 거잖아, 그치?
심지어 그런 놈이 주인공이잖아! 너한테
뭐라 그러려는 게 아니야. 걔는 아주 좋은
캐릭터야. 아주 엄청 훌륭한 캐릭터야. 나를
많이 연상시켜.

카투리안   필로우맨이 어떤 면에서 형을 연상시켜?

마이클   그런 거, 어린애들을 죽게 만드는 거. 그런 거
전부 다.

카투리안   필로우맨은 누굴 죽인 적이 없어, 마이클.
그리고 죽은 아이들은 모두 어차피 끔찍한
삶을 살 예정이었어.

마이클   네 말이 맞아. 모든 어린이는 끔찍한 삶을
살게 될 거야. 그 아이들을 골치 아픈
상황에서 구하는 편이 나아.

카투리안   모든 어린이가 끔찍한 삶을 살게 되는 건
아니야.

마이클   어, 흐음. 넌 어릴 때부터 끔찍한 삶을
살았지? 그랬어. 어, 난 어릴 때부터 끔찍한
삶을 살았나? 그랬어. 일단 두 명 중 두

---

*
statistic, 앞에서 카투리안은 마이클에게 '가학적인sadistic
머저리 변태 새끼'라고 말했는데, 마이클은 그 발음을 잘못 알
아들었다.

명이네.

카투리안   필로우맨은 생각이 깊고 점잖은 사람이었어.
자기가 하는 일을 싫어했다고. 형은
정반대야, 모든 면에서.

마이클   그래, 알았어, 뭐 난 그 반대하고 거리가
멀지만, 네가 무슨 말을 하는지는 알겠어.
고마워. (사 이) '필로우맨'은 좋은
이야기야, 카투리안. 네가 만든 제일 좋은
이야기, 중 하나야. 있잖아, 난 네가 언젠가
유명한 작가가 될 거라고 생각해. 신이
보살피실 거야. 난 알 수 있어.

카투리안   (사 이) 언제?

마이클   어?

카투리안   언제쯤 내가 유명한 작가가 될까?

마이클   **언젠가**, 라고 말했잖아.

카투리안   그 사람들이 한 시간 반 뒤에 우리를
사형시킬 텐데.

마이클   어, 그렇구나. 음, 그럼 넌 유명한 작가가 될
수 없겠다.

카투리안   이제 그 사람들이 모든 걸 망쳐 버릴 거야.
그 사람들이 우리를 없애 버릴 거야, 그
사람들이 내 이야기들을 없애 버릴 거야. 그
사람들이 모든 걸 망쳐 버릴 거야.

마이클   저 있잖아, 우리가 걱정해야 할 건 우리인 것

같은데, 네 이야기가 아니라.

카투리안   아 그래?

마이클   응. 그건 그냥 종이잖아.

카투리안   (사 이) 그건 그냥 뭐라고?

마이클   그건 그냥 종이라고.

> **카투리안이 마이클의 머리를 돌바닥에**
> **한 차례 세게 내려친다. 마이클은**
> **아프다기보다 이 상황을 생각하며**
> **어리둥절해하면서 피가 흐르는 머리를**
> **만져 본다.**

카투리안   그 사람들이 지금 당장 나한테 와서 '너희
셋―너, 네 형, 네 이야기들―중 둘을
불태우겠다'고 말하면, 나는 맨 먼저 형을
불태우게 하고, 다음으로 나를 불태우게
하고, 내 이야기들은 다치지 않게 할 거야.

마이클   너 방금 내 머리를 쿵 하고 바닥에 내리쳤어.

카투리안   알아.

마이클   (울면서) 너 방금 내 머리를 쿵 하고 바닥에
내리쳤다고!

카투리안   안다고 했잖아.

마이클   넌 엄마 아빠하고 똑같아!

카투리안   (웃으며) 다시 말해 볼래?!

마이클	넌 엄마 아빠하고 똑같아! 날 때리고, 나한테 소리 지르고!
카투리안	**내가** 엄마 아빠하고 똑같다고? 그래 한번 따져 보자…… .
마이클	아아, 그거 시작하지 마…… .
카투리안	엄마와 아빠는 자기 맏아들을 방에 가두고 7년 내내 고문했어. 그리고 형은 남자애를 피 흘려 죽게 하고, 여자애를 숨 막혀 죽게 하고, 또 다른 여자애한테는 또 무슨 짓을 했는지도 모르겠는데, 그런 판에 형은 엄마 아빠를 닮지 **않았고**, 난 씨발 어떤 머저리 새끼 대가리를 딱 한 번 바닥에 내리쳤다고 엄마 아빠를 닮은 거네.
마이클	그래, 맞아. 바로 그거야.
카투리안	형 논리를 알겠다, 마이클. 형이 왜 그렇게 생각하는지 알겠어.
마이클	좋아. 그래야지.
카투리안	이거 하나만 말할게. 만약 엄마와 아빠가 지금 당장 하늘에서 내려다보고 있다면 말이지, 형이 자란 걸 보고 무척 기뻐할 거야. 자기들이 엄청 자랑스러워할 수 있는 그런 아들로 컸으니까.
마이클	그런 말 하지 마…… .
카투리안	정말 자랑스러워하겠어. 형은 그 사람들하고

아주 판박이야. 여기에 작은 염소수염을
기르고, 안경도 써 봐, 그 인간처럼…….

마이클 그런 말 하지 마!

카투리안 아니면 다이아몬드를 주렁주렁 달아 보든가,
그 여자처럼. 이이러언 식으로 마알하면서,
아들아아…….

마이클 그런 말 하지 마. 안 그러면 널 죽여 버릴
거야!!

카투리안 날 죽일 순 없어, 마이클. **난 일곱 살이
아니거든!!**

마이클 난 그 사람들하고 달라. 난 누구도 다치게
하고 싶진 않았어. 난 그냥 네 이야기대로 해
본 것뿐이야.

카투리안 세 번째 여자애한테는 어떻게 한 거야?

마이클 싫어, 지금은 말 안 할래. 네가 내 마음을
아프게 했어. 그리고 내 머리도.

카투리안 **그 사람들이** 심문하면 곧바로 불어 버릴
거면서.

마이클 난 참을 수 있어.

카투리안 이런 식으로 하면 안 돼. 형은 참을 수 없어.

마이클 **(낮은 목소리로)** 내가 얼마나 잘 참는지 넌
몰라.

카투리안 **(사 이)** 몰라. 내가 어떻게 알아.

마이클 이 안에서 옆방의 네 비명 소리를 듣고

있으니까, 옛날에 너도 틀림없이 약간 좀 이랬겠구나 하는 생각이 들었어. 아니, 굳이 말하면, 그래도 이렇게 듣는 쪽이 더 쉽겠지.

카투리안   그건 나도 알아.

마이클   넌 고작 한 시간 당해 놓고 눈물 콧물 질질 흘리고 징징거리면서 들어오더라. 평생 당해 봐.

카투리안   그게 변명이 될 순 없어.

마이클   네가 죽인 두 사람은 변명이 되고, 내가 죽인 두 사람은 왜 변명이 안 돼?

카투리안   나는 한 아이를 7년 동안 괴롭힌 두 사람을 죽였어. 형은 몇 년이고 아무도 괴롭힌 적 없는 세 아이를 죽였고. 그건 달라.

마이클   그 애들이 아무도 괴롭히지 않았다는 건 네가 아는 한에서만 그런 거잖아. 그 면도날 여자애는 정말 얼마나 못돼 쳐먹었는데. 하다못해 개미라도 괴롭혔을걸.

카투리안   세 번째 여자애는 어떻게 죽인 거야, 마이클? 난 꼭 알아야겠어. 그 여자애도 내 이야기에서처럼 그랬어?

마이클   으응.

카투리안   어떤 이야기?

마이클   화낼 거지.

카투리안   화 안 낼게.

마이클   조금 화낼 거잖아.

카투리안   그 여자애한테는 어떤 이야기처럼 했어?

마이클   그러니까, 음…… 어떤 이야기냐면, 음……
          '작은 예수'처럼 했어. '작은 예수'.

          카투리안은 잠시 마이클을 바라본
          다음, 두 손으로 자신의 얼굴을
          감싼다. 그는 이야기 속 끔찍한
          내용들을 떠올리면서 서서히 울기
          시작한다. 마이클은 무슨 말을 하려고
          다가가지만, 카투리안이 계속 조용히
          울고 있어서 아무 말 하지 못한다.

카투리안   왜 그 이야기야?

마이클   (어깨를 으쓱하며) 좋은 이야기잖아. 넌
          좋은 작가야, 카투리안. 누구도 너한테 좋은
          작가가 아니라고 말하지 못하게 해.

카투리안   (사 이) 그 애를 어디 뒀어?

마이클   네가 엄마 아빠를 묻은 곳 아래에. 소원의
          우물에.

카투리안   (사 이) 씨발 그 불쌍한 애를.

마이클   알아. 끔찍한 일인 거.

카투리안   저기, 빨리 끝낸 거지?

마이클   엄청 빨리 끝냈지.

**카투리안이 다시 운다. 마이클이
카투리안의 어깨에 손을 얹는다.**

울지 마, 캣. 괜찮을 거야.

카투리안 어떻게 괜찮겠어? 씨발 어떻게 괜찮겠냐고?

마이클 몰라. 그냥 이럴 땐 이런 식으로 말하는
거잖아, 안 그래? '괜찮을 거야.' 물론
괜찮지 않을 거야. 당장이라도 그 사람들이
와서 우리를 사형시킬 텐데, 안 그래? 그건
괜찮지 않잖아, 그렇지? 괜찮은 거하고 거의
정반대잖아. 흠. (사 이) 그 사람들, 우리를
같이 사형시킬까 따로 사형시킬까? 같이
사형시키면 좋겠다. 혼자 있는 건 싫어.

카투리안 난 아무 짓도 안 했어!

마이클 야, 그 얘기 또 꺼내지 마, 짜증 나니까. 근데
그 사람들이 우리를 한꺼번에 사형시키지
않더라도, 구멍을 두 개 파지 않으면 같이
묻을 수밖에 없겠다. 난 혼자 묻히는 건
싫거든. 끔찍해. 땅속에 혼자 묻히다니, 으악!
하지만 우린 최소한 천국에서는 함께 있게 될
거야. 무슨 일이 있어도. 그리고 하느님하고
같이 놀고 그러겠지. 달리기 시합도 하고.

카투리안 구체적으로 어떤 천국에 가겠다는 거야,
마이클? 아동 살해범 천국?

마이클   아니, 아동 살해범 천국 아니야, 재수 없는
                소리 하지 마. 그냥 보통 천국이야. 영화에
                나오는 그런 거.

카투리안   형이 죽으면 어디에 갈지 알고 싶어?

마이클   어디에 가는데? 너 지금 기분 안 좋다고 어디
                끔찍한 데 말하면 안 돼.

카투리안   형은 어느 작은 숲속 작은 집 작은 방에
                가게 될 거야. 거기서 평생 보살핌을 받게
                될 거야. 내가 아니라, 엄마라는 사람하고
                아빠라는 사람한테. 그리고 옛날에 늘 그
                인간들한테 보살핌받던 방법과 똑같은
                방법으로 보살핌을 받을 거야. 하지만 이번엔
                내가 형을 구하러 가지 않을 거야. 왜냐하면
                나는 형하고 같은 곳에 가지 않을 거거든.
                왜냐하면 씨발 나는 어린애들을 잔인하게
                죽인 적이 없으니까.

마이클   넌 지금 어떤 사람이 다른 사람한테 할
                수 있는 말 중에 제일 못된 말을 했어. 나
                이제부터 너하고 절대 절대 말 안 할 거야.

카투리안   좋아. 그럼 그 사람들이 돌아와서 우리를
                사형시킬 때까지 여기에 조용히 앉아 있자.

마이클   내가 들은 말 중에 제일 못된 말이야!
                내가 그런 못된 말 하지 말라고 **했지**. 내가
                분명히 '못된 말 하지 마'라고 말했는데, 너

어떻게 했어? 어떻게 했냐고? 못된 말을 해
버렸잖아.

카투리안 형을 정말 사랑했어.

마이클 (사 이) 무슨 말이야, '했다'니? 그건 네가
한 다른 못된 말보다 훨씬 못된 말이야. 그
다른 못된 말은 이때까지 내가 들은 말 중에
제일 못된 말이었는데! 세상에!

카투리안 그럼 여기에 조용히 앉아 있자.

마이클 여기에 조용히 앉아 있으려고 **노력하고 있어.**
근데 네가 자꾸 못된 말을 하고 있잖아.
(사 이) 안 그래? (사 이) 안 그러냐고
묻잖아? 아, 이게 그 여기에 조용히 앉아
있는 거구나? 알겠어.

> 사 이 . 마이클이 엉덩이를 긁는다.
> 사 이 .

아니 근데, 사실 하나 더 짚고 넘어가야 할
게 있어. 얼마 전에 쓰레기 같은 이야기를
읽었거든. 쓰레기 같은 그 얘기 제목은
'작가와 작가의 형제'였어. 이야기 제목이
그랬는데, 내가 읽은 쓰레기 중에 제일
쓰레기였어.

카투리안 형한테 그 이야기 보여 준 적 없는데, 마이클.

마이클	알아, 넌 나한테 그 이야기 한 번도 보여 준 적 없어. 그럴 만도 하지. 쓰레기 같은 이야기였으니까.
카투리안	아니, 형, 내가 일하러 나가 있는 동안 내 방을 뒤졌구나, 그렇지?
마이클	당연히 네가 일하러 나가 있는 동안 네 방을 뒤졌지. 그럼 네가 일하러 나가 있는 동안 대체 내가 뭘 했을 것 같아?
카투리안	아동 연쇄 살인, 그런 거나 한 줄 알았지.
마이클	에에? 그래, 아동 연쇄 살인을 하지 않을 땐 네 방을 뒤져. 그리고 결말이 사실과 완전히 다른 멍청한 이야기들을 찾았어. 그 이야기에서 나는 죽고 엄마 아빠는 살아 있더라. 더럽게 멍청한 결말이야.
카투리안	내가 지금 씨발 잭 더 리퍼*한테 문학에 대한 조언을 듣고 있는 거야?
마이클	왜 결말을 행복하게 하지 않았어? 현실에서처럼 말이야.
카투리안	현실에선 행복한 결말이 없어.

~~~~~~~~~~~~~~~~~~

*
Jack the Ripper, 1888년 8월 31일부터 11월 9일까지 약 2개월에 걸쳐 영국 런던에서 최소 5명의 매춘부를 토막 살해한 연쇄 살인범

마이클	뭐? 내 이야기 결말은 행복했는데. 네가 와서 나를 구했고, 네가 엄마랑 아빠를 죽였어. 그건 행복한 결말이잖아.
카투리안	그런 다음 어떻게 됐어?
마이클	그런 다음 네가 소원의 우물 뒤에 그 사람들을 묻고 위에다 석회를 조금 발랐지.
카투리안	나는 그 인간들 위에 **석회**를 발랐어. '위에다 석회를 조금 발랐지.' 그럼 내가 뭘 하고 있었겠어, 씨발 파티라도 했겠어? 그런 다음 어떻게 됐지?
마이클	그런 다음 어떻게 됐냐고? 그런 다음 넌 날 학교에 보낼 준비를 했고, 그런 다음 나는 수업을 시작했어. 그건 좋았어.
카투리안	그런 다음 어떻게 됐지?
마이클	그런 다음 어떻게 됐냐고? (사 이) 내가 원반던지기에서 우승했을 때?
카투리안	그 뒤에, 오늘로부터 약 3주 전에 무슨 일이 있었지?
마이클	아. 그 뒤에, 내가 애들을 몇 명 죽였어.
카투리안	그래, 형은 애들을 몇 명 죽였지. 씨발 그게 어떻게 행복한 결말이야? 그런 다음 형은 체포돼서 사형당하게 생겼고, 아무 짓도 한 적 없는 형 동생까지 사형당하게 생겼어. 그게 어떻게 행복한 결말이냐고? 그리고,

잠깐, 형이 언제 원반던지기에서 우승했어?
형은 그 씨발 원반던지기에서 **4등** 했잖아!

마이클   지금 그 얘기 하는 게 아니잖아…….

카투리안   형은 원반던지기하는 좆밥 네 명 중에
4등이었잖아! '내가 원반던지기 경기에서
우승했을 때'라니.

마이클   우리 지금 내가 원반던지기에서 우승을 했냐
안 했냐를 가지고 이야기하는 게 아니잖아.
우리 지금 뭐가 행복한 결말인지 이야기하고
있는 거잖아! 내가 원반던지기에서 우승하면,
그건 행복한 결말이 되겠지, 그치? 네 멍청한
이야기에서처럼, 내가 죽어서 방치되고
썩으면, 그건 행복한 결말이 아니겠지.

카투리안   그건 행복한 결말**이었어**.

마이클   (거의 울먹이며) 뭐? 내가 죽어서 방치되고
썩는 게, 그게 행복한 결말이라고?

카투리안   형이 죽었을 때 손에 뭘 쥐고 있었지?
이야기였어. 내가 쓴 그 어떤 이야기들보다
훌륭한 이야기. 봐봐, '작가와 작가의
형제'에서…… **형**은 작가였어. 나는 작가의
형제였고. 그 이야기는 형한테 행복한
결말이었어.

마이클   하지만 난 죽었잖아.

카투리안   죽느냐 아니냐가 중요한 게 아니야. 뭘

	남기느냐가 중요한 거지.
마이클	무슨 말인지 모르겠어.
카투리안	지금 당장 그 사람들이 날 죽이든 말든 상관없어. 상관없다고. 하지만 그 사람들이 내 이야기를 죽이는 건 안 돼. 내 이야기를 죽이는 건 안 돼. 나한텐 내 이야기들이 전부야.
마이클	**(사 이)** 너한텐 나도 있잖아.

카투리안이 잠시 마이클을 바라보다가, 슬프게 고개를 떨어뜨린다. 마이클이 울먹이며 돌아선다.

하지만, 좋아, 그러니까 네가 '작가와 작가의 형제' 이야기의 결말을 바꾸기로 우리 동의한 거다. 마지막에 나를 살리고 엄마 아빠는 죽이고 나는 원반던지기에서 우승하게 하는 거다. 그런 식이면 좋아. 그럼 전에 써 놓은 이야기는 그냥 불에 다 태워 버려. 누가 그 이야기를 보고 그게 더 괜찮다고 생각하면 안 되니까. 내가 죽고 어쩌고 하는 걸 말이야. 그 이야기는 그냥 불에 태워 버려.

카투리안	좋아, 마이클, 그렇게.
마이클	정말?

카투리안   정말.

마이클   와아. 좋았어. 간단하네. 근데, 있잖아, 말이
나온 김에 하는 말인데, 네 이야기 중에
태워야 할 거 엄청 많을 걸. 그중에 어떤 건,
기분 나쁘게 듣진 마, 그 중에 어떤 건 약간
토할 것 같아, 정말로.

카투리안   그냥 전부 다 태워 버리지 뭐, 마이클. 그러면
토할 것 같은 이야기하고 토하지 않을
이야기를 골라내느라 시간을 많이 잡아먹지
않아도 되니까.

마이클   아니, 아니, 그건 바보짓이잖아. 이야기를
전부 태우다니. 그건 안 돼. 사람들이 밖으로
나가서 아이들을 죽여 버리게 만들 것
같은 이야기만 태우면 돼. 사람들이 나가서
아이들을 죽여 버리게 만들지 **않는** 이야기만
고르면 되잖아. 그건 그렇게 오래 안 걸릴
거야. 왜냐하면 사람들이 아이들을 죽여
버리게 만들지 않는 이야기는 두 편 정도밖에
안 되니까, 그치?

카투리안   오 정말, 진짜?

마이클   그럼.

카투리안   어떤 이야기를 살려 줄까? 내가 쓴 4백 개
중에서, 어떤 이야기들의 목숨을 살려 줄래?

마이클   어, '작은 초록 돼지' 이야기. 그건 착한

이야기야. 그건 아무도 누굴 살인하게 만들지 않을 거야, 지ー인ー짜…… 그리고……

(사 이) 그리고…… (사 이) 사실 그게 전부인 것 같아. '작은 초록 돼지' 이야기.

카투리안   그게 전부라고?

마이클   응, 그러니까, 진짜 안전빵을 찾는다면 말이야. 내 말은, 네 이야기 중엔 누군가가 다른 사람을 **불구로** 만들게 하는 이야기들도 있긴 해, 실제로 **죽이지는** 않고. 하지만, 음, 진짜 안전빵을 찾는다면, '작은 초록 돼지' 이야기 딱 하나뿐이야. 그 이야기를 본 어떤 사람이 다른 사람을 초록색으로 색칠해 버릴 수는 있겠다, 하하! 하지만 그게 다잖아.

카투리안   형이 실행에 옮기려고 고른 이야기 세 편이 하필이면 실행으로 옮기기에 가장 혐오스러운 이야기라는 사실만 아니었다면, 아무 일도 일어나지 않았을 거야. 그 세 편의 이야기는 형이 우연히 먼저 접한 이야기가 아니었어. 형의 역겹고 비열한 마음하고 가장 잘 어울리는 이야기였던 거지.

마이클   그래서 뭐, 내가 그만큼 끔찍한 이야기를 고르지 않을 수도 있었다는 거야? 예를 들면, 뭐? '지하실의 얼굴' 같은 거? 사람 얼굴을 썰어서 병에 담아 지하실 마네킹 얼굴 자리에

올려놓은 이야기? 아니면 '셰익스피어의
방'? 늙은 셰익스피어가 작고 까만 피그미족
여자를 상자에 가두어 놓고, 새 희곡을 원할
때마다 막대기로 여자를 찌르는 이야기?

카투리안 셰익스피어가 모든 희곡을 직접 쓴 건
아니야.

마이클 그게 아니라 너 내 말이 무슨 뜻인지 알잖아,
캣? 네 이야기들은 다 구역질 나. 어떤
이야기를 골라도 똑같이 구역질 났을 거야.

카투리안 하지만 왜 하필 '작은 예수' 이야기였어?

마이클 아, 카투리안, 이미 저지른 일은 저지른
일이고 절대 돌이킬 수 없다. 짜잔! 나 이제
조금 졸려. 내 엉덩이에 신경을 끌 수만
있다면 눈을 좀 붙여야겠어. 내가 티를 안
내서 그렇지 아직도 미치게 가렵단 말이야.

**마이클이 매트리스에 자리를 잡고
눕는다.**

카투리안 잘 거야?

마이클 음.

카투리안 하지만 그 사람들이 당장이라도 돌아와서
우리를 고문하고 처형할 텐데.

마이클 맞아. 그래서 당분간은 이게 마지막 잠이

될지도 몰라. (사 이) 완전 마지막 잠이
될지도 모르고. 그건 너무 심한가? 난 자는
거 좋아하는데. 천국에서도 잠을 잘까?
훨씬 더 잘 자겠지. 아니면 거기 안 갈 거야.
(사 이) 카투리안?

카투리안 왜?

마이클 이야기 해 줘.

카투리안 내 이야기들 전부 태워 버리고 싶어 하는 줄
알았는데.

마이클 '작은 초록 돼지' 이야기 해 줘. 그 이야기는
태우고 싶지 않아. 그 이야기 해 줘. 그럼 널
용서해 줄게.

카투리안 내 어떤 걸 용서하는데?

마이클 내가 작은 숲에서 영원히 엄마 아빠한테
맡겨지고 아무도 날 구하러 오지 않을 거라는
못된 말 한 거 용서할게.

카투리안 (사 이) '작은 초록 돼지' 이야기, 어떻게
시작하더라, 기억이 안 나네…….

마이클 어떻게 시작하는지 기억하잖아, 카투리안,
어서 해 줘. 첫 번째 글자는 '옛', 두 번째
글자는 '날'. 세 번째 글자는 '옛'일 걸. 그리고
네 번째 글자는…… 아 씨, 네 번째 글자가
뭐더라?

카투리안 형 좀 재수 없어, 알아?

마이클	아, '날', 이게 네 번째 글자야, 방금 기억났어. '옛날 옛날……'
카투리안	알겠어. 누워서 들어…….

마이클이 눕고, 베개를 머리 옆에 둔다.

옛날 옛날……

마이클	꼭 옛날 같다. **행복했던** 옛날. 이야기들……
카투리안	옛날 옛날, 아주 먼 곳, 어느 이상한 지역에 농장 하나가 있었어…….
마이클	아주 먼 곳…….
카투리안	농장에는 아기 돼지 한 마리가 살고 있었는데 다른 모든 돼지들하고 생김새가 달랐어.
마이클	그 돼지는 초록색이었어.
카투리안	형이 이야기할래 아니면 내가 할까?
마이클	네가 해 줘. 미안. 입술 위에 손가락. 쉿.
카투리안	그 아기 돼지는 다른 모든 돼지들하고 생김새가 달랐어. 왜냐하면 그 돼지는 밝은 초록색이었거든. 그러니까 거의 야광 초록색이었어.
마이클	야광 초록색. 기찻길 터널에 칠해진 페인트 같은. 기찻길 터널에 칠해진 페인트 같은 야광 초록색이지?
카투리안	그래.

마이클　　그래.

카투리안　　여기서 그만할까, 아니면 이야기 들으면서
　　　　　　　잠들래?

마이클　　이야기 들으면서 잠들래.

카투리안　　좋아. 자, 아기 돼지는, 그 돼지는 자기가
　　　　　　　초록색인 게 정말 좋았어. 평범한 돼지들의
　　　　　　　색깔이 싫은 건 아니었고, 분홍색도 멋있다고
　　　　　　　생각했지만, 아기 돼지가 좋아한 건 자기가
　　　　　　　다른 돼지들과 조금 다르다는 것, 약간
　　　　　　　특이하다는 거였어. 하지만 주위의 다른
　　　　　　　돼지들은 초록색인 아기 돼지를 좋아하지
　　　　　　　않았어. 돼지들은 초록 돼지를 시기하고
　　　　　　　괴롭혔고 초록 돼지의 삶을 비참하게
　　　　　　　만들었어…….

마이클　　비참하게…….

카투리안　　그리고 이렇게 불평이 가득해지자 농부들은
　　　　　　　잔뜩 노했고, 그래서 농부들은……

마이클　　'노하는' 게 뭐야? 미안, 카투리안.

카투리안　　괜찮아. 그건 엄청 짜증 난다는 뜻이야.

마이클　　(하품하며) 엄청 짜증 난다…….

카투리안　　농부들은 엄청 짜증이 났고, 그래서
　　　　　　　생각했어, '흠, 아무래도 뭔가 조치를
　　　　　　　취해야겠군.' 그래서 어느 날 밤, 모든
　　　　　　　돼지들이 들판에 누워 잠을 자고 있을 때,

농부들은 살금살금 나와서 작은 초록 돼지를
낚아채 헛간으로 데리고 들어갔어. 작은
초록 돼지는 꽥꽥 비명을 지르고 있었는데,
다른 돼지들은 모두 초록 돼지를 비웃기만
했어…….

마이클 (조용히) 나쁜 놈들…….

카투리안 그런데 농부들이 초록 돼지를 헛간에 데리고
들어가서 뭘 했냐면, 아주 특별한 분홍색
페인트가 담긴 커다란 통을 연 뒤에 그
안에다 초록 돼지를 푹 담근 거야. 머리부터
발끝까지 전부 덮일 때까지, 초록색이
한 군데도 남지 않을 때까지. 그런 다음
페인트가 다 마를 때까지 돼지를 붙잡고
있었어. 이 분홍색 페인트가 왜 특별하냐면,
절대로 씻겨 없어지지 않고 절대로 다른
색으로 덧칠할 수도 없었기 때문이야. 절대로
씻겨 없어지지 않고 절대로 다른 색으로
덧칠할 수도 없었어. 그래서 작은 초록
돼지는 말했어. (돼지 목소리로) '오 하느님,
제발 부탁드려요, 이 사람들이 저를 다른
돼지들처럼 만들지 않게 해 주세요, 제발요.
저는 조금 특이한 존재로 있는 게 행복해요.'

마이클 '저는 조금 특이한 존재로 있는 게 행복해요.'
돼지가 하느님에게 말해.

카투리안 하지만 너무 늦었어. 페인트가 다 마른 뒤에
농부들이 돼지를 다시 들판으로 보냈어.
돼지가 들판을 지나 자기가 가장 좋아하는
작은 풀밭에 앉자, 분홍 돼지들이 모두 그를
비웃었어. 돼지는 하느님이 왜 자기 기도를
들어주지 않았는지 이해하려 애썼지만,
도무지 이해할 수가 없어 엉엉 울다가 잠이
들었어. 울면서 흘린 수천 방울의 눈물조차
끔찍한 분홍색 페인트를 씻어내는 데 아무런
도움이 되지 않았어. 왜냐하면……

마이클 그 페인트는 절대로 씻겨 없어지지 않고
절대로 다른 색으로 덧칠할 수도 없었으니까.

카투리안 맞았어. 그렇게 돼지는 잠이 들었어. 하지만
그날 밤, 들판의 모든 돼지들이 누워
잠들었을 때, 아주 이상한, 이상한 폭풍우
구름이 머리 위로 모여들기 시작하더니
비가 내리기 시작했어. 처음엔 천천히
떨어지다가 점점 더 더 엄청 많이 쏟아져
내리는 거야. 그런데 이 비는 평소에 내리던
비가 아니었어. 이 비는 아주 특별한 **초록색**
비였고, 거의 페인트처럼 **뻑뻑했고**, 게다가
특별한 점이 더 있었어. 이 초록색 비는
절대로 씻겨 없어지지 않았고 절대로 다른
색으로 덧칠이 될 수도 없었어. 절대로 씻겨

없어지지 않았고……

**카투리안이 마이클을 들여다본다.
마이클은 잠이 들었다. 카투리안이
나지막이 속삭이는 목소리로 나머지
이야기를 계속한다.**

……절대로 다른 색으로 덧칠이 될 수도
없었어. 아침이 오자 비가 그쳤고, 잠에서
깬 모든 돼지들은 자기들이 한 마리도
빠짐없이 밝은 초록색으로 변해 버린 걸
알게 됐어. 한 마리도 빠짐없이 전부 다.
물론 한 마리는 제외하고. 예전에 작은 초록
돼지였던 작은 분홍 돼지. 그 돼지는 지난번
농부들이 덧칠할 수 없는 페인트로 온몸을
뒤덮었기 때문에 이상한 비를 맞았는데도
색이 달라지지 않았던 거야. '덧칠할 수 없는'
페인트였으니까. (사 이) 그 돼지는 초록
돼지 떼들이 바다처럼 펼쳐진 이상한 광경을
쳐다보았어. 그런데 그 돼지 무리가 다들
아기처럼 엉엉 울고 있지 뭐야. 분홍 돼지는
미소를 지었고, 이 상황이 너무 좋아서,
하느님께 감사드렸어. 왜냐하면 자기는
여전히, 그리고 앞으로도 쭉, 약간 특이한

존재가 되리라는 걸 알았기 때문이야.

> **사 이 . 카투리안이 잠이 든 마이클의
> 숨소리에 잠시 귀를 기울이며, 그의
> 머리카락을 부드럽게 어루만진다.**

형은 이 이야기를 좋아하지, 그렇지, 마이클?
(**사 이**) 형은 이 이야기를 좋아했어. 이
이야기에는 작은 발가락도 없고…… 이
이야기에는 면도날도 없어. 착한 이야기야.
(**사 이**) 이 이야기를 따라 하지 그랬어.
(**사 이**) 하지만 형 잘못이 아니야, 마이클.
형 잘못이 아니야. (**사 이 . 울면서**) 좋은 꿈
꿔, 우리 애기. 나도 곧 따라갈게.

> **카투리안이 베개를 집어 들고 마이클의
> 얼굴에 힘껏 내리누른다. 마이클이
> 경련을 일으키기 시작하자, 카투리안은
> 여전히 베개를 내리누른 채 마이클의
> 양팔과 몸통을 깔고 앉는다. 잠시
> 후 마이클의 경련이 잦아든다. 다시
> 잠시 후 마이클이 죽는다. 카투리안은
> 마이클이 죽었다는 확신이 들자 베개를
> 들어낸다. 그러고는 울면서 마이클의**

입술에 입을 맞춘 다음 마이클의 눈을
감긴다. 카투리안은 문을 향해 가서
요란하게 쾅쾅 문을 두드린다.

형사님?! (사 이) 형사님?! 여섯 건의
살인 사건에서 제가 저지른 부분을
자백하겠습니다. (사 이) 한 가지 조건이
있어요. (사 이) 제 이야기들에 관한 겁니다.

암전.

중간 휴식 시간.

2장

카투리안이 소녀와 소녀의 부모
이야기를 들려주고, 소녀와 부모는
이야기를 실연해 보인다. 착한 부모와
양부모를 동일한 배우가 연기하며,
의상만 약간 바뀐다.

카투리안　옛날 그리 멀지 않은 곳에 작은 소녀가
　　　　　살았습니다. 이 작은 소녀의 다정한 부모는
　　　　　종교와 전혀 무관하게 소녀를 키웠지만,
　　　　　소녀는 자신이 재림한 주 예수 그리스도라고
　　　　　아주 아주 굳게 확신했습니다.

> **가짜 티가 확연한 수염을 달고 샌들을**
> **신은 소녀가 주변에 있는 온갖 것들에**
> **축복을 내리기 시작한다.**

　　　　　그런 행동은 여섯 살 아이치고는 다소
　　　　　이상했습니다. 작은 소녀는 작은 수염을
　　　　　붙이고 샌들 바람으로 온갖 것들에 축복을
　　　　　하면서 돌아다녔어요. 소녀가 가난한
　　　　　사람들과 집 없는 사람들 주변을 돌아다니는
　　　　　모습, 술이나 약물에 중독된 사람들을
　　　　　위로하는 모습, 그러니까 부모가 보기에
　　　　　여섯 살 아이가 어울리기엔 영 탐탁잖은
　　　　　부류의 사람들과 자주 어울려 다니는 모습이
　　　　　계속 계속 눈에 띄었습니다. 소녀의 부모가
　　　　　악취 나는 사람들에게서 소녀를 끌고 나와
　　　　　집으로 데려갈 때마다, 소녀는 발을 구르고
　　　　　소리를 지르고 자기 인형들을 마구 내던지곤
　　　　　했습니다. 그리고 소녀의 부모가 야단칠

때면…….

부모 예수님은 결코 발을 구르고 소리 지르고 자기
인형을 내던지지 않았단다…….

카투리안 소녀는 이렇게 대꾸했습니다. '그건 옛날
예수지! 그것도 몰라?'
자, 어느 날 작은 소녀는 또 사라졌고, 부모는
소녀가 숨은 곳은커녕 소녀의 머리카락 한
올조차 찾을 수 없었습니다. 끔찍한 이틀이
흘러갔지요. 그러다 마침내 그들이 알지
못하는 목사로부터 곤혹스러운 전화 한
통을 받았습니다. 목사는 말했어요. '교회로
와 주셔야겠습니다. 당신 딸이 교회를 아주
난장판으로 만들고 있소. 처음엔 귀여웠는데
이젠 아주 지긋지긋합니다.'

**미소 짓는 착한 부모 위로 조명이
서서히 희미해진다.**

그렇지만, 소녀의 부모는 그런 말에 조금도
신경 쓰지 않았습니다. 그들은 딸이 살아
있고 잘 있다는 사실에 그저 안심했고, 딸을
데리러 서둘러 시내를 향해 차를 몰았습니다.
하지만 너무 급히 달린 나머지 마주 오는
고기 운송 트럭과 충돌해, 목이 잘려 죽고

말았습니다.

착한 부모가 피를 흘리고 있고, 그들 위로 조명이 완전히 꺼진다.

작은 소녀는 그 소식을 들은 뒤 딱 한 번 눈물을 흘리며 울었고, 더 이상 한 방울의 눈물도 흘리지 않았습니다. 만약 예수의 부모가 차를 운전하다가 목이 잘려 죽었다면, 예수도 그랬을 거라고 생각했으니까요. 그렇게 해서 소녀는 정부의 주선으로 숲속 어느 집에 보내져 약간 폭력적인 양부모와 함께 살게 되었습니다…….

악한 양부모가 소녀의 손을 잡고 등장한다. 그들은 소녀의 손을 아주 세계 붙잡는다.

……양부모는 정부에 제출하는 신고서에 자신들이 폭력적이라는 사실을 알리지 않았던 것입니다. 그들은 종교를 증오하고 예수를 증오했으니, 다시 말해 아무도 증오하지 않는 인물조차 무턱대고 증오한 것입니다. 그리고 그에 따라, 자연히, 곧

알게 되겠지만, 그들은 소녀 역시 증오하게
되었습니다.

양부모가 소녀의 수염을 확 떼어 내
던져 버린다.

소녀는 양부모의 증오를 행복한 마음으로
참아 내고 그들을 용서했지만, 아무런
소용이 없는 것 같았습니다. 어느 일요일,
소녀가 예배에 참석하겠다고 고집을 부리자,
양부모는 소녀의 샌들을 벗긴 뒤에 깨진
유리 조각이 박혀 있는 거친 길을 맨발로
혼자서 걸어가게 했습니다. 소녀는 교회에
도착했고, 몇 시간 동안 무릎을 꿇고서
하늘에 계신 아버지를 향해 양부모를 용서해
달라고 기도했습니다. 하지만 온 교회에
핏자국을 묻히고 돌아다닌다며 야단만 들을
뿐이었어요. 소녀는 집에 늦게 돌아왔다며
매를 맞았습니다. 돌아오는 시간을 정한
적도 없는데도요. 소녀는 학교에서 가난한
아이들과 음식을 나누어 먹었다며 매를
맞았고, 못생긴 아이들을 격려했다고 매를
맞았으며, 나병 환자들을 보살피러 사방을
돌아다녔다며 매를 맞았습니다. 소녀의

인생은 고난의 연속이었지만, 소녀는 꾹 참고
미소를 잃지 않았습니다. 그 모든 고난은
소녀를 더욱 강하게 만들 뿐이었지요. 어느
날 소녀가 길가에서 구걸하는 눈먼 남자를
만나기 전까지는 말입니다…….

**카투리안이 맹인 역할을 한다. 소녀가
흙과 침을 맹인의 눈꺼풀에 문지른다.**

소녀는 흙에다 자신의 침을 약간 섞어 그것을
남자의 눈에 문질렀습니다. 남자는 자기
눈에 흙과 침을 문질렀다며 경찰에 소녀를
신고했습니다. 양부모는 소녀를 경찰서에서
데리고 나오면서 소녀에게 물었습니다…….

양부모 그래, 예수처럼 되고 싶은 거냐, 응?

카투리안 소녀가 말했습니다. '씨발 그걸 **이제야** 안
거야!' (사 이) 양부모는 잠시 소녀를
노려보았습니다. 그렇게 해서 그 일이
시작되었습니다.

**아래의 끔찍한 세부 내용들이 모두 무대
위에서 상연된다.**

소녀의 양어머니는 가시철사로 만든

가시관을 딸의 머리에 끼워 넣었습니다.
제대로 된 가시관을 만들기엔 너무
게을렀거든요. 그동안 소녀의 양아버지는
아홉 가닥 채찍으로 소녀를 채찍질했습니다.
그렇게 한두 시간이 지나 소녀가
의식을 되찾았을 때, 그들은 소녀에게
물었습니다…….

양부모 아직도 예수처럼 되고 싶니?

카투리안 그러자 소녀는 눈물을 흘리며 말했습니다.
'응, 되고 싶어.'

**양부모가 소녀의 등에 무거운 십자가를
얹는다. 소녀는 십자가를 지고
고통스럽게 주위를 걷는다.**

그러자 양부모는 소녀에게 무거운 나무
십자가를 지고 거실을 수백 번 돌게
했습니다. 마침내 소녀는 두 다리가
휘고 정강이가 부러져, 자신의 작은
다리가 제멋대로 움직이는 걸 물끄러미
바라볼 뿐이었습니다. 양부모가 소녀에게
말했습니다…….

양부모 아직도 예수처럼 **되고 싶니?**

카투리안 그 순간 소녀는 하마터면 토할 뻔했지만,

약한 모습을 보이지 않으려고 그것을
꿀꺽 삼켰습니다. 그리고 양부모를 똑바로
쳐다보며 말했습니다. '그래, 되고 싶다.'

**양부모가 소녀를 십자가에 못 박고,
그것을 똑바로 세운다.**

그러자 양부모는 소녀의 양손을 십자가에
못 박고, 소녀의 두 다리를 다시 똑바로
편 다음 두 발을 십자가에 못 박았습니다.
그리고는 뒷벽에 십자가를 기대 세워 놓고
소녀를 내버려 둔 채 텔레비전을 보았습니다.
재미있는 프로그램이 모두 끝나자 양부모는
텔레비전을 끄고, 창끝을 날카롭게 간 다음
소녀에게 말했습니다······.

양부모   아직도 예수처럼 되고 싶니?

카투리안   작은 소녀는 눈물을 삼키고 깊은 한숨을 쉰
           다음 이렇게 말했습니다. '아니. 예수처럼
           되고 싶지 않아. 씨발 내가 예수니까!'
           (사 이) 그러자 소녀의 부모는 소녀의
           옆구리에 창을 찔러 넣었습니다······.

**소녀의 부모가 소녀의 옆구리에 창을
찔러 넣는다.**

······그리고 그들은 소녀가 죽게 그 자리에 내버려 두고 잠을 자러 갔습니다.

> 작은 소녀의 머리가 서서히 떨어지고 눈이 감긴다. 아침이 밝아 오고, 양부모가 돌아온다.

그리고 아침이 되자 그들은 소스라치게 놀랐습니다. 소녀가 죽지 않았으니까요······.

> 소녀가 천천히 눈을 떠, 고개를 까딱하며 인사한다. 양부모는 소녀를 조심스럽게 십자가에서 내린다. 소녀는 그들을 용서한다는 듯 그들의 얼굴을 어루만진다. 양부모가 소녀를 유리관에 넣고 뚜껑을 닫는다.

······그들은 소녀를 십자가에서 내려 산 채로 작은 관에 묻었습니다. 딱 사흘 동안만 살 수 있을 만큼의 공기를 남겨 두고 말이죠······.

> 양부모가 삽으로 흙을 떠 관 뚜껑 위에 뿌린다.

……그리고 소녀가 마지막으로 들은
목소리는 양부모가 저 위에서 외치는
소리였습니다…….

양부모 그래, 네가 예수라면, 사흘 뒤에 다시
일어나겠지, 안 그래?

카투리안 작은 소녀는 이 말을 잠시 생각한 다음,
혼자 미소를 지으며 속삭였습니다. '그럼.
당연하지.' (사 이) 그리고 소녀는
기다렸습니다. 소녀는 기다렸습니다. 소녀는
기다렸습니다.

> 조명이 관 위를 약간 희미하게 비추고,
> 소녀는 천천히 손톱으로 관 뚜껑을
> 긁는다. 카투리안이 관을 향해 걸어가
> 그 위에 앉는다.

사흘 뒤, 한 남자가 숲을 걸어 나오다가 새로
만든 작은 무덤에 발이 걸려 넘어졌습니다.
하지만 남자는 완전히 눈먼 장님이었기
때문에, 계속해서 걸음을 옮겼습니다.
애석하게도 자기 뒤로 몇 발자국 떨어진
곳에서 뼈가 나무를 긁어 대는 끔찍한 소리를
듣지 못한 채 말이지요. 그 소리는 그렇게
천천히 잦아들다가, 텅 비고 텅 비고 텅 빈

숲속, 캄캄하고 캄캄한 어둠 속으로 영원히
사라졌습니다.

암전.

1장

경찰서 취조실. 카투리안이 다급히
장문의 자백서를 작성하고 있다.
카투리안이 앉아 있는 투폴스키에게
자백서 첫 페이지를 건넨다. 아리엘은
서서 담배를 피우고 있다.

투폴스키 '이로써 저는 여섯 건의 살인 사건에서
제가 저지른 부분을 자백합니다. 세 건은
저 혼자 저지른 단독 범행이었습니다. 다른
세 건은 저와 제 형이 함께 저지른 것으로,
제가 쓴 섬뜩하고 도착적인 몇 편의 짧은
이야기들을 실행으로 옮긴 것입니다.' 괄호
열고 '첨부' 괄호 닫고. (사 이) '제가 저지른
가장 최근의 살인은 형 마이클을 살해한
것으로……' 이야, 자백해 줘서 고맙다,
카투리안. 안 그랬으면 네가 살인자일 줄은
꿈에도 몰랐겠지. '저는 형의 머리 위에
베개를 얹고……' 어쩌구 저쩌구…… '형이
고문과 사형의 공포로부터 벗어나게 하기
위해……' 어쩌구 저쩌구. 형을 향한 절절한
사랑을 구구절절하게도 써 놨네. 이야, 진짜
사랑을 제대로 보여 줬어. '그보다 앞서
행한 가장 최근의 살인은 사흘 전쯤 말을 못
하는 작은 소녀를 살해한 것이었습니다. 이
작은…… 소녀는……'

아리엘 (사 이) 그 작은 소녀가 어떻게 됐는데요?

투폴스키 페이지가 여기에서 끝났어.

아리엘 더 빨리 써.

투폴스키 더 빨리 써. (사 이) 아닌가, '더 빠르도록
써'가 맞나? '더 빨리 써.' '더 빠르도록 써.'

| 아리엘 | '더 빨리 써'가 맞아요…….|

아리엘   '더 빨리 써'가 맞아요…….
투폴스키   '더 빨리 써'가 맞구나.

> 아리엘은 고개를 갸우뚱한 채
> 카투리안이 쓰고 있는 내용을 읽다가
> 목에 경련을 일으킨다. 카투리안은
> 자신이 쓰고 있는 내용을 거의
> 본능적으로 손으로 가린다. 아리엘이
> 카투리안의 머리를 후려친다.

아리엘   씨발 지금 시험 보냐!
카투리안   죄송합니다…….

> 아리엘이 카투리안의 어깨 너머로
> 자백서를 읽는다.

아리엘   '우리는 「작은 예수」…… 라는 제목의
         이야기를 실행으로 옮기면서 살인을
         저질렀습니다.' '작은 예수'가 어떤 이야기지?
         그건 못 봤는데…….
투폴스키   뭘 찾는데?

> 아리엘이 문서보관함에서 종이를
> 휙휙 넘기다가, '작은 예수' 이야기를

찾아낸다.

아리엘   이 새끼들이 '작은 예수'라는 이야기대로
여자애를 죽였답니다. 그 이야기 읽어
보셨습니까?

투폴스키   (역겨워하며, 슬픈 목소리로) 응. 읽어 봤어.

> **아리엘이 이야기를 읽기 시작한다.**
> **카투리안은 투폴스키를 힐끔 보고,**
> **투폴스키가 빤히 쳐다보자 불안해한다.**
> **카투리안이 투폴스키에게 자백서**
> **두 번째 페이지를 건넨 뒤 계속 써**
> **내려간다.**

여자애 시체는 어디에 뒀어?

카투리안   지도를 그려 놓았습니다. 카메니체 숲속에
있는 우리 집 뒤편에서 약 2백 미터쯤 떨어진
곳에 소원의 우물이 있어요. 그 소원의 우물
바로 뒤에 그 아이의 시체가 묻혀 있습니다.
두 사람이 더 있습니다. 어른 둘이요.

투폴스키   다른 두 사람은 누구야?

카투리안   지금 막 그걸 쓰고 있습니다.

> **투폴스키가 자신의 총을 점검한다.**

투폴스키   (아리엘에게) 어디까지 읽었나?

아리엘   '소녀는 작은 수염을 붙이고 샌들 바람으로
            돌아다녔습니다.'

투폴스키   아리엘, 아이가 어떻게 살해됐는지 알기 위해
            이야기를 읽는 거라면, 그냥 결말로 건너뛰는
            게 어때?

아리엘   오. 그렇군요.

투폴스키   뭐, 가시관 부분으로 건너뛰든가. 아니면
            아홉 가닥 채찍 부분으로 건너뛰든가.
            '십자가를 지고 다리가 졸라 꺾일 때까지
            방 안을 돌아다닌' 부분으로 건너뛰든가.
            아니면 거기 바로 뒷부분으로 건너뛰든가.
            (사 이) 나는 과학수사대를 보내서 시체를
            수습하라고 해야겠어.

투폴스키가 카투리안이 작성한 지도를
가지고 나간다. 아리엘은 이야기를
다 읽고 조용히 울기 시작한다.
카투리안이 아리엘을 쳐다본 다음
자백서를 계속 써 내려간다. 아리엘이
자리에 앉아 메스꺼워한다.

아리엘   너 같은 새끼는 왜 살아야 할까?

**카투리안이 쓰던 페이지를 다 쓰고 다음
페이지를 계속 써 내려간다. 아리엘이
첫 페이지부터 죽 읽는다.**

'그리고 「강 위의 한 마을 이야기」라는
이야기를 실행에 옮기는 동안, 형이
소년의 발가락을 자를 때 저는 소년을 꽉
붙잡았습니다. 첨부' (사 이) '그리고 「작은
사과 인형들」이라는 이야기를 실행에 옮기는
동안, 형이 사과 안에 면도날을 넣은 작은
인형들을 소녀에게 먹일 때 저는 소녀를 꽉
붙잡았습니다. 첨부' (사 이) 너 정말 우리가
널 죽이자마자 네가 쓴 이야기들을 죄다 불에
태워 버릴 거라고는 요만큼도 생각 안 하는
거야?

카투리안   저는 모든 걸 솔직하게 자백했습니다.
제가 약속한 대로요. 그래서 형사님들이
제 이야기들을 전부 제 사건 파일과 함께
보관하고, 제가 죽은 뒤 50년이 지날 때까지
개봉하지 않을 거라고 믿습니다. 형사님들이
약속하신 대로요.

아리엘   어딜 봐서 우리가 약속을 지킬 거라고

생각하는데?

카투리안   저는 형사님들이 그래도 마음 깊은 곳에서는,
명예를 아는 분들이라고 생각하니까요.

아리엘   (일어서서, 격분하며) 마음 깊은 곳 뭐?! 개
씨발 마음 깊은 곳이 뭐……?!

카투리안   제가 이 부분을 다 쓰고 나서 때려 주실래요?
방금 어머니와 아버지를 살해한 부분까지
썼거든요.

**카투리안이 계속 쓰고 있다. 아리엘은
담배에 불을 붙인다.**

고맙습니다.

아리엘   (사 이) 너네 엄마하고 아빠를 죽였다고?

카투리안이 고개를 끄덕인다.

좀 웃기는 질문 같은데, 근데, 저기, 왜?

카투리안   음……. '작가와 작가의 형제'라는
이야기에 내용이 나와 있습니다. 보셨는지
모르겠지만…….

아리엘   봤어.

카투리안   그게…… 저는 자전적인 글을 아주 싫어하는
편입니다. 아무리 모호하게 쓰더라도요.

저는 자기가 아는 것에 대해서만 글을 쓰는
사람들은 자기가 아는 것밖에 쓸 줄 몰라서
그러는 거라고 생각합니다. 그런 새끼들은 개
멍청해서 뭘 지어낼 수가 없으니까요. 하지만
'작가와 작가의 형제'는 아마 제가 쓴 이야기
중에서 아주 허구는 아닌 유일한 이야기일
겁니다.

아리엘 오. (사 이) 몇 살이었지, 네 형? 그
사람들이 그걸 시작했을 때 말이야.

카투리안 여덟 살이었습니다. 저는 일곱 살이었고요.

아리엘 얼마 동안 계속 그런 거야?

카투리안 7년 동안이요.

아리엘 그럼 넌 7년 내내 그 소리를 들었고?

카투리안 정확히 무슨 소리인지 몰랐습니다,
마지막까지도요. 하지만 그랬습니다.

아리엘 그러고 나서 그들을 죽였고?

**카투리안이 고개를 끄덕이면서 완성한
자백서를 아리엘에게 건넨다.**

카투리안 한 명씩 머리 위에 베개를 얹고 누른 다음,
집 뒤편에 있는 소원의 우물 뒤에 그들을
묻었습니다. 소원의 우물이 대충 적당할
거라고 생각했어요. 아무튼 같은 자리에

벙어리 소녀도 물었습니다.

**아리엘이 문서보관함을 향해 다가가 그
안을 살펴본다.**

아리엘 알다시피, 네 어린 시절은 법정에서 변호할
때 꽤 괜찮게 써먹을 수 있겠어. 뭐, 우리가
그 빌어먹을 법정 절차를 아예 건너뛰고
한 시간 뒤에 너한테 총을 쏘지 않는다면
말이지.

카투리안 전 아무것도 건너뛰고 싶지 않습니다.
형사님들이 약속을 지켜 주길 바랄 뿐입니다.
어서 저를 죽여 주기를, 또 제 이야기들은
안전하게 지켜 주기를 바랄 뿐입니다.

아리엘 그래 뭐, 반쯤은 믿어도 좋겠지.

카투리안 저는 형사님을 믿을 수 있어요.

아리엘 내가 믿을 수 있는 사람인지 네가 어떻게
알아?

카투리안 모릅니다. 형사님에겐 그런 뭔가가 있어요.
그게 뭔지는 모르겠지만요.

아리엘 오, 정말? 흠, 있잖아, 나한테 뭐가 있는지
말해 줄게. 나한텐 아주 엄청난, 세포
구석구석까지 퍼져 있는, 증오가 있어…….
너 같은 인간에 대한 증오가. 아이들에게……

새끼손가락 하나라도 까딱하는 인간들에
대한 증오 말이야. 난 증오를 느끼면서
잠에서 깨. 증오가 날 깨워. 증오가 날 버스에
태워서 직장에 데려다 줘. 증오가 나한테
속삭여. '그 새끼들 절대 못 빠져나가.' 난
출근을 일찍 해. 서류들은 깔끔하게 철해져
있는지, 전기 장치는 제대로 작동하는지
전부 확인해야 하거든. 그래야 시간을······
낭비하지······ 않으니까. 인정해. 가끔 내가
폭력을 과하게 쓰는 거. 그리고 가끔은
완전히 무고한 개인한테 과한 폭력을 쓰는
거. 하지만 하나 말해 줄게. 완전히 무고한
개인이 이 방을 나서서 바깥세상으로 가면
말이지, 그 새끼들은 어린애한테 **소리**
지를 생각 같은 건 두 번 다시 못 할 거야.
혹시라도 **내가** 씨발 자기들 목소리를 듣고
이곳에 다시 끌고 와서 **또다시** 존나게
과도한 폭력을 쓸까 봐서 말이야. 그렇다면
말이야, 법을 집행하는 경찰관인 내가 이런
식으로 행동하면 도덕적으로 어떤 문제의
소지 같은 게 있을까? 씨발 당연히 있지!
근데 그거 알아? 난 그런 건 개 좆만큼도
신경 안 써! 왜냐, 내가 나이가 들면 말이야,
어린애들이 나를 졸졸 따라다닐 거고, 내

이름이 뭔지 내가 누구 편을 들어 줬었는지 알게 될 거거든. 그러면 아이들은 나한테 고맙다면서 사탕을 줄 거고, 나는 또 그 사탕을 받고 고맙다고 인사할 거고, 집에 조심해서 들어가라고 말해 주면서 행복해할 거거든. 사탕 때문이 아니야. 난 사실 사탕을 안 좋아하니까. 난 알아…… 만약 내가 없었다면, 그 아이들 모두 거기에 있을 수 없었다는 걸 마음속으로 알고 있다고. 나는 좋은 경찰이니까. 엄청 많은 걸 해결할 수 있어서 좋은 경찰이라는 게 아니야. 난 그렇진 못하거든. 내가 좋은 경찰인 건 어느 한쪽을 완전히 편들어주기 때문이지. 나는 어느 한쪽을 지지한다고. 올바른 쪽 편을 든다는 소리야. 내가 매사에 올바르진 못할지 몰라도, 적어도 올바른 쪽 편을 들긴 한다고. 아이들 편을 말이야. 너하고 반대편을. 그러니까, 당연히, 내가 어떤 아이가 어떤 방식으로 살해됐다는 말을 들어 봐…… 가령 '작은 예수' 같은 방식으로…… 무슨 말인지 알겠어? 널 아주 뒈질 때까지 고문할 거란 소리야, 이 새끼야. 그런 짓을 저지른 건 말할 것도 없고, 애초에 그런 이야기를 **썼다는** 것만으로도 새끼야! 뭔 소린지 알겠어?

**아리엘이 캐비닛에서 크고 오싹하게
생긴 배터리가 장착된 전기 장치를
꺼낸다.**

……너네 엄마 아빠가 너하고 네 형한테 한
짓은, 씨발, 됐고! 그 년놈들 여기 있었으면
아주 뒈질 때까지 고문해서 조져 버렸을 건데
씨발. 이제 곧 너넬 존나게 고문해서 조져
버릴 것처럼 말이야. 그래야 악을 악으로
갚는 일이 안 생길 거 아냐. 악을 악으로
갚으면 안 되잖아. 그러니까 이쪽으로 와서
무릎 꿇어. 배터리에 연결하게.

카투리안이 뒷걸음질 친다.

카투리안 제발, 왜 또…….
아리엘   이쪽으로 오시라고요…….

투폴스키가 들어온다.

투폴스키 무슨 일이야?
아리엘   저 새끼를 이 배터리에 연결시키려던
             참이었습니다.
투폴스키 아니, 대체 여태 뭐했어?

아리엘	이야기하고 있었어요.
투폴스키	무슨 이야기?
아리엘	아무것도 아닙니다.
투폴스키	너 또 그 '내가 나이를 먹으면 아이들이 나한테 다가와서 사탕을 어쩌고' 그런 얘기 하고 있었냐?
아리엘	아, 씨발 진짜.
투폴스키	(놀라며) 뭐 임마? 너 오늘 벌써 두 번째야…….
아리엘	(카투리안에게) 너! 이쪽으로 오셔서 무릎 꿇으시라고요. 아까부터 정중하게 부탁드렸잖아요.

카투리안이 천천히 아리엘을 향해 다가간다. 투폴스키는 책상에 앉아 자백서의 나머지 부분을 훑어본다. 카투리안이 무릎을 꿇는다.

카투리안	그런데 형사님, 형사님은 누구한테 제일 처음 무릎 꿇으라는 말을 들었나요? 엄마인가요, 아니면 아빠인가요?

아리엘의 동작이 얼음처럼 굳는다. 투폴스키의 입이 놀라서 딱 벌어진다.

투폴스키	아, 깜짝이야.
카투리안	형사님 아빠 맞죠, 그렇죠?
투폴스키	와, 아리엘, 너 그 씨발 너네 아버지 얘기 저 새끼한테 안 했나 보네? 세상에!
아리엘	안 했어요, 투폴스키 반장님. 그 씨발 우리 아버지 얘기 저 새끼한테 안했습니다.
투폴스키	뭐? 와 씨발. 좆됐네.
아리엘	(투폴스키에게) 반장님 왜 자꾸 그 개 좆같은 이야기를 들먹이시는 겁니까? 씨발 '어린 시절에 문제가 있었다'는 둥 어쩌고 하면서?
투폴스키	내가 또 뭘 그렇게 들먹였다고 그래. 네 어린 시절에 문제가 있었다고 자꾸 들먹이는 사람은 너잖아.
아리엘	저는 제 어린 시절에 문제가 있었다는 말은 한마디도 꺼낸 적 없는데요. 제 어린 시절을 설명하면서 '어린 시절에 문제가 있었다'는 표현 자체를 **써** 본 적이 없어요.
투폴스키	그럼 어떤 표현을 썼을까? 어린 시절에 '아빠한테 당했다'? 그건 표현이 좀 그렇잖아.

아리엘이 몸을 약하게 떨기 시작한다.

아리엘	범죄자 앞에서 아주 자세히도 까발리고

싶으신가 봅니다, 투폴스키 반장님?

투폴스키   내 주변 인간들이 하나같이 자기들 정신 나간
짓거리를 정당화하겠다고 개 좆같은 어린
시절을 들먹거리는 거 말이야, 난 그거 이제
아주 신물이 나. **우리** 아버지도 폭력적인
알코올 중독자였거든. 그럼 내가 폭력적인
알코올 중독자인가? 어, 맞아, 그래. 하지만
그건 내 **개인적인 선택**이었어. 나는 그냥 툭
까놓고 인정한다고.

아리엘   전 이제 범죄자 고문 다시 시작하겠습니다.

투폴스키   그래 이제 범죄자 고문 다시 시작해. 저 새끼
천 년 만 년 기다렸겠네.

**아리엘이 말하면서 카투리안에게 전기
장치를 연결한다.**

아리엘   오늘 선 넘으셨습니다, 투폴스키 반장님.

투폴스키   난 지금 범죄 자백서를 꼼꼼히 읽는 중이야,
아리엘. 이 사건에서 해명되지 않고 넘어간
부분이 있으면 안 되잖아. 나는 내 업무를
하고 있다고. 나는 내 가학적인 복수
판타지나 만족시키자고 이미 유죄 선고를
받은 등신 새끼를 고문하고 그러진 않잖아.

아리엘   선을 한참 넘으셨는데요.

투폴스키   얼른 범인이나 고문하세요, 아리엘 형사님.
우리는 30분 뒤에 저 새끼한테 한 발 갈겨야
해서요.

**아리엘이 전기 장치를 배터리에
연결한다.**

카투리안   아버지는 지금 어디에 계세요, 아리엘
형사님?

아리엘   한마디도 하지 마세요, 투폴스키 반장님!
한마디도 하지 마세요!

투폴스키   나 지금 아무 말도 안 하는데. 저 새끼 자백서
읽고 있잖아. 내 업무를 하는 중이라고.
말했잖아 내가.

카투리안   감옥에 있나요?

아리엘   그리고 너도 아가리 닥쳐, 이 변태 새끼야.

카투리안   안 닥치면 어떻게 하실 건데요? 고문하고
처형하실 건가요? (사 이) 아버지는 감옥에
있군요?

아리엘   쉿 쉿 쉿. 나 지금 집중하고 있잖아…….

투폴스키   아니, 감옥에 없어.

아리엘   아, 진짜, 방금 제가 뭐라고 했어요?

카투리안   체포되지 않았군요?

투폴스키   체포할 수가 **없었지.**

아리엘	투폴스키 반장님! 이런…… 이런 대화를 계속 하는 건 여기 있는 모두한테 되게 안 좋을 겁니다.
투폴스키	어우 무서워라, 알았어.
아리엘	자, 이제 저는 이 마지막 전극을 여기에 연결하겠습니다, 그리고 이 마지막 전극을 여기에 연결해서……
카투리안	왜 체포를 못 했나요?
아리엘	쉿 쉿 쉿…….

아리엘이 전기 장치 연결을 마치고 이제 막 배터리의 전원을 켜려는 바로 그 순간, 투폴스키가 거의 막판에 입을 연다.

투폴스키	그야 당연히 아리엘이 먼저 살인을 했으니까 그렇지.

아리엘이 다시 몸을 떨면서 희미하게 웃는다. 그는 배터리의 전원을 켜지 않는다.

하긴, 사실상 살인은 아니었어, 안 그래? 정확하게 말하면 정당방위, 한정책임능력,

뭐 그런 거지. 그냥 내가 아리엘을 놀리려고
살인이라고 부르는 거야. 야, **나라도 우리**
애비를 살해했겠다, 여덟 살 때부터 일주일에
한 번씩 내 침대 속으로 기어 들어오면, 안
그래? (사 이) 음. 아리엘은 자기 애비가
자는 동안 머리 위에다 베개를 눌렀어.
그러고 보니까 너희들 공통점이 아주 많은데.

**투폴스키가 테이블 위에 자백서를
올리고 반듯하게 편다.**

아리엘　　(사 이) 지금 서장님께 보고할 겁니다.
　　　　　가서 이번 조사 과정 내내 반장님이 보인
　　　　　행동을 죄다 알리겠습니다. 처음부터 핵심도
　　　　　못 짚었고, 뭐 하나 명확하지도 않았다고요.
　　　　　처음부터요. 뭐랬더라, '주변 시야'? 대체
　　　　　그게 뭔데요? '주변 시야로 눈 아래쪽을
　　　　　봤다'느니 그게 뭐냐고요? 도대체 그게 무슨
　　　　　상관인데요?

투폴스키　터무니없는 헛소리로 범죄자를 혼란스럽고
　　　　　불안하게 만들어라, 그거 다 지침서에 나와
　　　　　있는 말이잖아, 아리엘. 난 이제 자네 그 전기
　　　　　충격기 도움 없이 범죄자 심문을 계속하고
　　　　　싶으니까, 괜찮다면 카투리안 씨한테 연결해

놓은 전기선 좀 떼 줘, 범인이 집중할 수
있게.

아리엘   그리고 저는 서장님께 건의할 겁니다. 이번
사건의 책임자를 반장님 대신 저로 교체해
달라고요. 이런 일이 이번이 처음도 아니고,
게다가, 서장님은 절 좋아하시거든요.
그렇다고 하셨어요. 어차피 책임자 교체는
전에도 여러 번 있었던 일이잖아요. 반장님은
이제 문책을 받을 거고, 이 사건의 마무리는
제가 담당할 겁니다. 이 사건의 미해결
부분은 제가 전부 마무리할 거예요. 사건의
결말을 매듭지을 사람은 바로 제가 될 거란
말입니다.

투폴스키   이 사건을 매듭짓기 위한 첫 번째 단계로 뭘
할 건데?

아리엘   그러니까, 제가 아까 **하려고** 했는데, 반장님이
들어와서 온갖 헛소리를 **지껄여 대셨잖습니까.**
제가 하려던 첫 번째 단계는, 그러니까 방금
말한 것처럼 전기 장치로 범인을 고문하는
거였습니다.

투폴스키   왜지?

아리엘   왜냐고요? 왜냐하면 범인이 씨발 아이들을
죽였으니까요!

투폴스키   봐봐, **나라면** 첫 번째 단계로 벙어리 소녀의

	살인에 관해 범인한테 몇 가지 질문을 했을
	거야.
아리엘	예에?
투폴스키	그리고 첫 번째 질문으로 이런 걸 물었겠지.
	'그게 사실입니까, 카투리안 씨⋯⋯' 이런
	식으로, 약간 공식적인 말투로 말했을 거야.
	'카투리안 씨, 당신과 당신 형이「작은 예수」
	이야기를 실행에 옮겼고, 그러다가 어느
	시점에서 그 어린 소녀의 머리에 가시관을
	씌운 게 사실입니까?'
카투리안	네, 사실입니다.
투폴스키	사실이군요. 두 번째 질문은 이랬을 거야.
	'아홉 가닥 채찍으로 그 아이를 채찍질하기
	전입니까 후입니까?'
카투리안	후입니다.
아리엘	우리가 다 아는 거잖아요.
투폴스키	세 번째 질문은 이랬을 거야. '그런 다음
	당신은 그 아이에게 무거운 나무 십자기를
	메고 주위를 걷게 했고, 이어서 십자가에
	매달아 못을 박았습니까?'
카투리안	네, 우리가 그렇게 했습니다.
투폴스키	그랬군요. 그런 다음, 그것도 모자라서,
	존나게 큰 창으로 아이의 작고 예쁜 옆구리를
	찔렀습니까?

카투리안	네, 우리가 그렇게 했습니다. 부끄럽습니다.
투폴스키	그런 다음 그 소녀를 묻었습니까?
카투리안	네.
아리엘	이거 다 우리가 아는 거라니까요.
투폴스키	이야기에 보면, 그 어린 소녀는 묻힐 때 아직 살아 있더군요. 당신이 묻을 때도 벙어리 소녀가 아직 살아 있었습니까, 아니면 죽었습니까?
카투리안	(사 이) 네?
투폴스키	당신이 묻을 때도 벙어리 소녀가 아직 살아 있었습니까, 아니면 죽었습니까?

**카투리안이 대답을 하려고
우물거리지만, 답을 하지 못한다.**

카투리안	(조용히) 모르겠습니다.
투폴스키	뭐라고요?
카투리안	모르겠습니다.
투폴스키	모르겠다. 아이가 살아 있었는지 죽었는지 모르겠다. 음, 아리엘? 네 친구인 서장님한테 가는 길에 조사팀한테 연락 좀 해 줄래? 급히 현장에 출동해서 땅 좀 파 달라고 해. 혹시라도 벙어리 소녀가 살아 있을지도 모르니까. 고마워, 자기야.

아리엘이 잠시 투폴스키를 쳐다본
다음 급히 방을 나선다. 투폴스키가
무릎 꿇은 카투리안과 배터리를 향해
빈들빈들 걸어간다.

어떻게 모를 수가 있지?

카투리안   정확히 알기가 어려웠습니다. 아이가
숨을 별로 쉬지 않았어요. 죽었을 거라고
생각합니다. 그랬을 거예요. 지금쯤은 죽었을
겁니다, 그렇지 않나요? 그런 일을 겪었는데?

투폴스키   그랬을 거다? 아이가 죽었을 거다? 나야
모르지. 난 아이를 십자가에 못 박았다가
관에 넣어서 묻어 본 적이 없는데. 내가
어떻게 알겠어.

투폴스키가 배터리 선을 만지작거리기
시작한다. 카투리안은 쇼크에 대비해
몸을 긴장한다. 투폴스키가 전기
장치를 해체한 뒤 자기 자리로
돌아온다.

나라도 아이가 죽었다고 **짐작했을 거야.**
그렇게 **짐작했겠지.** 그런데 모르겠네.
과학수사대 애들하고 이야기를 좀 하고

있었는데, 아차 싶은 거야. 네가 한 말은
'작은 예수'를 실행으로 옮겼다는 게
전부였던 거지. 아리엘한텐 그게 통했는지도
몰라. '죄송합니다, 경찰관님, 제가
그랬습니다.' 집어 치워! 나한텐 안 통하니까.
어이, 아리엘은 경찰이야. 그 친구는 범죄를
단속하는 일을 해. 경찰견들도 범죄를 단속할
줄 알고 말이야. 근데 난 수사관이거든.
그래서, 가끔은, 수사가 하고 싶어.

카투리안 그 아이는 죽었을 거라고 확신합니다.

투폴스키 하지만 완전히 확신하는 건 아니지, 어?
(사 이) 있잖아, 나도 옛날에 짧은 이야기
하나를 쓴 적이 있어. 어떤 면에서, 뭐랄까
내 세계관을 집약한 거였다고 할까. 글쎄,
아니다, 별로 내 세계관이 집약돼 있지는
않았다. 난 세계관이 없거든. 나는 이
세상이 그냥 똥 덩어리라고 생각해. 그런
건 세계관이 아니잖아, 안 그래? 아닌가,
그것도 세계관인가? 흠. (사 이) 아무튼,
나도 한때는 이런 짧은 이야기를 썼고……
잠깐, 그래, 내 세계관을 집약한 건 아니어도,
형사 업무를 대하는 내 관점, 그리고 형사
업무와 이 사회 전반의 관계를 집약한 거라고
보면 되겠다. 맞네, 그거네. 그런데 왜 아직도

무릎을 꿇고 있어?

카투리안 모르겠습니다.

투폴스키 꼭 어디 모자란 것 같잖아.

카투리안 네.

투폴스키가 의자를 향해 손짓한다.
카투리안이 전극을 마저 떼어 내고
의자에 앉는다.

투폴스키 그래, 내 이야기 듣고 싶어?

카투리안 네.

투폴스키 거절할 수가 없겠지, 안 그래?

카투리안 그렇습니다.

투폴스키 그럴 거야. 흠, 내 이야기 제목은…… 제목이
뭐더라? 제목은…… '크고 긴, 철로 위,
귀머거리 작은 소년 이야기. 중국에서'야.
(사 이) 왜 그래?

카투리안 뭐가요?

투폴스키 좋은 제목이라고 생각하지 않아?

카투리안 좋은 제목이라고 생각하고말고요, 네.

투폴스키 (사 이) 진짜로 어떻게 생각해? 진짜
솔직하게 말해도 괜찮아, 내가 상처를 받긴
하겠지만.

카투리안 아마 지금까지 들어본 제목 중 최악이

아닐까 싶습니다. 제목에 쉼표가 두 개 정도 있잖아요. 제목에 쉼표 두 개라니, 있을 수 없는 일입니다. 제목에는 쉼표 **하나도** 안 되거든요. 또 마침표도 있었던 것 같은데요, 제목에. 그런 말도 안 되는 제목은 처음 봅니다.

투폴스키 (사 이) 어쩌면 시대를 훨씬 앞선 제목일지도 모르잖아.

카투리안 어쩌면 그럴지도 모르죠. 어쩌면 끔찍한 제목들은 다들 시대를 앞선 걸지도요. 어쩌면 언젠가는 참신한 제목이 될 수도 있겠네요.

투폴스키 어쩌면 그럴 거야.

카투리안 제가 보기엔 그냥 끔찍한 제목 같습니다.

투폴스키 그 이야긴 방금 끝냈잖아! 진짜로 솔직해도 괜찮다는 거 이제부터 취소야. 한 대 쳐 맞지 않은 걸 다행으로 알아! (사 이) 좋아. 어디까지 했지?

카투리안 귀머거리 소년, 크고 긴 철로. (사 이) 죄송합니다.

투폴스키 (사 이) 좋아, 그래서, 옛날에 귀머거리 작은 소년이 살았는데, 아무것도 들을 수가 없었어. 귀가 먹은 애들은 흔히 그렇잖아. 응, 그렇지. 그리고 배경은 중국이야. 그래서 소년은 귀머거리 작은 중국인 소년이었어.

배경을 왜 중국으로 했는지는 모르겠네.
아, 그래, 알겠다. 난 쪼그만 중국 애들
생긴 모습이 좋더라. 걔들 생긴 게 좀
웃기잖아. (**웃는다**) 아무튼, 그래서 어느
날 이 아이가 어딜 갔다가 집으로 걸어가는
중이야. 아이는 평원을 가로질러서, 그러니까
중국 평원을 가로질러서 몇 마일 쭉 뻗은
이렇게 긴 철로를 따라 걸어가고 있는 거지.
나무도 없고, 아무것도 없이, 존나 그냥 맨
평원뿐인데, 아이는 그냥 철로를 따라 계속
계속 걷는 거야. 그러고 보니 애 말이야, 좀
모자랐을 수도 있겠어. 어쩌면 얘는 모자란
귀머거리 작은 중국인인지도 몰라. 왜냐하면,
그러니까, 얘는 귀가 먹었잖아, 그런데도
씨발 이런 철로를 따라서 계속 걷고만
있으니까. 그건 존나 위험하잖아. 기차가
오면 어쩌려고? 아이 뒤에서 달려오면? 얜
듣지도 못할 텐데, 아주 찌부러질 거라고.
그래, 맞네, 어쩌면 얜 좀 모자란 건지도
몰라. 자, 그래서 이 모자라고 귀먹고 쪼그만
중국인 아이가 이렇게 크고 긴 철로를 따라
집으로 걸어가고 있는데, 어떻게 되겠어?
씨발 이렇게 큰 기차가 아이 뒤에서 달려오기
시작하는 거지. 하지만 철로는 엄청 길고

기차는 아주 멀리 있어서, 한참 동안은
기차가 아이를 치지는 않을 거야. 그래도
치긴 칠 거라고. 기차는 엄청 빨리 달리니까
기관사가 소년을 발견한다 해도 도저히
제때 브레이크를 밟을 수가 없거든. 그리고
하여간 얘는 눈에 잘 띄질 않아. 뭔 말인지
알지? 아이는 그러니까, 저 뭐냐, 되게
쪼그만, 귀엽고 요만한 짱깨 애들 알지, 그런
애들처럼 생겼어. 아 왜 그런 애들은 다들
머리카락이 이렇게 삐죽삐죽 삐져나왔잖아?
그래, 꼭 그런 애들처럼 생겼어. 그래서
기관사는 아마 얠 절대 발견할 수 없을 거야.
그런데 누군가 아이를 본 거야. 아이를 본
사람이 누군지 알아? 글쎄, 작은 아이가
걷고 있는 방향으로 철로를 따라 1마일쯤
떨어진 곳에, 아주 이상하고 오래된 탑이
하나 있어. 높이가 한 30미터쯤 되는데, 이
탑 꼭대기에는 아주 이상한 노인이 살아,
아주 이상한 중국인 노인인데, 이렇게 기다란
짱깨식 수염을 기르고, 뭔지 알지, 눈은 쭉
찢어지고, 와아, 엄청 희한하게 생긴 작은
모자를 쓰고 있어. 어떤 사람들은 노인이
아주 지혜롭다고 생각하지만, 또 어떤
사람들은 그 뭐랄까, 약간 으스스하다고

생각했어. 그래, 이런 존나게 큰 탑 꼭대기에
살고 있으니까 말이야. 그건 그렇고, 아주
아주 오랜 세월 동안 노인하고 이야기를
나눠 본 사람이 아무도 없는 거야. 심지어
사람들은 노인이 살았는지 죽었는지도
몰랐어. 하지만 노인은 분명히 살아 있었지.
안 그러면 이야기에 나올 수가 없잖아.
그래서 노인은 탑 꼭대기에 살면서 수학 계산
같은 걸 하고, 별의별 설계도 하고 도안도
그리고, 하여간 이것저것, 그러니까, 아직
발명되지 않은 여러 가지 것들을 발명해. 그
바람에 수많은 종이쪽지가 사방 벽에 핀으로
잔뜩 꽂혀 있고 또 방 여기저기 흩어져 있어.
이게 이 노인의 인생 전부야, 거기 그 모든
게. 이 양반한테 세상일은 하찮았던 거야.
이런 설계들, 이런 계산들에만 온통 마음을
쏟았지. 그러던 어느 날 노인이 아치 모양의
작은 창밖을 내다보다가, 본 거야. 1마일쯤
떨어진 곳에서, 지금은 반 마일쯤 떨어진
곳에서, 이 귀머거리 작은 소년이 다가오고,
2마일쯤, 어쩌면 아이 뒤로 3마일쯤 떨어진
곳에서 이 기차가 천둥 같은 소리를 내면서
달려오는 걸. 노인은 상황을 파악해. 아주
정확하게. '귀머거리 작은 소년이 철로를

걸어오고 있다. 귀머거리 작은 소년은 자기
뒤로 기차가 다가오는 소리를 듣지 못할
거다. 저 귀머거리 작은 소년은 조각조각
으깨지겠구나.' 그래서……

카투리안   노인은 작은 소년이 귀가 들리지 않는다는 걸
어떻게 알았나요?

투폴스키   (사 이) 어?

카투리안   노인은 작은 소년이 귀가 들리지 않는다는 걸
어떻게 알았냐고요?

투폴스키   (생각한다, 그런 다음) 노인이 소년의
보청기를 봤어.

> **카투리안이 미소를 지으며 고개를
> 끄덕인다. 투폴스키가 안도의 한숨을
> 쉰다.**

방금 지어낸 거야……. 그렇게 노인은
귀머거리 아이를 보고 또 기차를 보지만
아이를 구하거나 뭐 그런 걸 하러 달려가질
않아. 왜 보통 사람들은 그러잖아. 노인이
그러려고 했다면 충분히 그럴 수 있을
만한 거리였는데도 말이야. 대신 노인이 뭘
하게? 아무것도 안 해. 아무것도 안 하고,
종이 한 장에다 간단히 공식을 써 넣기

시작하는 거야. 그냥 재미로, 아마 기차
속도에 근거해서, 철로 길이에 근거해서,
그리고 작은 소년의 작은 다리가 걷는 속도에
근거해서 계산을 하겠지. 정확히 철로의 어느
지점에서 이 기차가 저 불쌍하고 쪼그만
귀머거리 소년의 쥐좆만한 등짝을 정면으로
들이받을지 알아 내기 위한 계산인 거지. 자,
작은 소년은 계속 걸어, 이런 일을 까맣게
모른 채로. 기차는 천둥소리를 내면서 계속
달려와. 아이에게 더 가까이 더 가까이 오고
있어. 소년이 탑에서 30미터 떨어진 곳에
다다랐을 때, 마침내 노인은 계산을 마치고
탑 밑에서 정확히 9미터 떨어진 지점에서
기차가 소년과 충돌하리라는 것을 확인했어.
탑 밑에서 9미터. 그리고 노인은 이 일에
별 관심 없이 허어 하고 하품을 한 번
하고는, 계산한 종이를 접어서 종이비행기를
만들어다가 창밖으로 던진 다음 원래 하던
일로 돌아갔어. 불쌍하고 쪼그만 귀머거리
애새끼 같은 건 더 이상 생각하지도 않고
말이야. (사 이) 그리고 그 쪼그만 귀머거리
소년은 탑 밑에서 10미터 떨어진 곳을 지날
때 그 종이비행기를 잡으려고 철로에서 탁
뛰어내렸어. 그리고 기차는 아이의 뒤에서

천둥소리를 내며 지나갔지.

카투리안이 미소를 짓는다.

카투리안   제법 괜찮은데요.

투폴스키   '제법 괜찮지'. 네 쓰레기들 전부 합친 것보다 낫지. '씨발 다섯 살짜리 아이를 꼬챙이로 찌르는 백한 가지 방법'?

카투리안   아니요, 제가 쓴 모든 이야기보다 나은 정도는 아니고요. 그냥 제법 괜찮다는 겁니다.

투폴스키   미안한데, 나한테 아무 헛소리나 지껄여도 된다고 허락한 거, 아까 끝났을 텐데? 내 이야기가 네 이야기를 전부 합친 것보다 나아.

카투리안   네, 맞습니다. 그리고 제 못난 이야기들을 제 파일과 함께 안전하게 보관해 주셔서 다시 한번 감사드립니다.

투폴스키   흠.

카투리안   (사 이) 그런데 그 이야기가 어떤 식으로 형사님 세계관을 집약한 거지요? 아니, 형사 업무에 관한 형사님의 관점이든, 뭐든요.

투폴스키   아, 이해가 안 돼? (**자랑스러운 목소리로**) 잘 들어, 그 지혜로운 노인 있잖아, 봐봐, 그

노인이 바로 나야. 노인은 하루 종일 자기
탑에 틀어박혀서 이런저런 계산을 하고,
평범한 인간들하고는 별로 친분도 없어.
그리고 쪼그맣고 귀먹은 저능아 소년이
나오지, 걘 곧 평범한 인간을 의미해, 알겠지?
걔가 이렇게 오는데, 씨발 자기한테 뭔 일이
일어나고 있는지 감도 못 잡고 있어. 아주
좆되는 기차가 오고 있는데도 모른다고.
하지만 나는 기차가 오고 있다는 걸 알고
있고, 탁월한 내 계산 능력으로, 그리고
정확한 순간에 종이비행기를 날리는 특급
센스로 그 머저리를 기차한테서 구하고,
평범한 사람들을 범죄자들한테서 구하는
거야. 그러고도 고맙다는 인사 한마디
받지 않는 거지. 그 작은 귀머거리 소년이
노인한테 고맙다고 인사했어? 걔가 관심을
둔 건 좆같이 생긴 종이비행기뿐이었다고.
그래도 그런 건 괜찮아, 난 감사 인사 같은 거
필요 없거든. 난 그저 내가 뼈 빠지게 형사
업무에 매진한 덕분에 그 쪼그만 놈이 기차에
충돌하지 않고 무사할 거라는 것만 알면
됐어. (사 이) 네 사건처럼, 불쌍한 애새끼를
벌써 냅다 치어 놓고는 후진까지 해서 씨발
그 새끼 친구들까지 전부 깔아뭉갠 기관사를

잡아야 하는 경우만 아니라면.

카투리안 (사 이) 그러니까 그 노인은 귀가 들리지
않는 소년이 종이비행기를 잡게 할
계획이었군요?

투폴스키 그렇지.

카투리안 아.

투폴스키 뭐야, 그걸 몰랐단 말이야?

카투리안 몰랐습니다. 전 그저 소년이 때마침
종이비행기를 잡은 줄 알았어요. 우연히요.

투폴스키 아니지, 아니야. 노인은 소년을 구하고
싶었어. 그래서 종이비행기를 날린 거야.

카투리안 아아.

투폴스키 노인은 종이비행기를 아주 잘 날리거든.
노인은 뭐든지 아주 잘해.

카투리안 하지만 그런 다음엔 관심도 없다는 듯
돌아서지 않습니까?

투폴스키 아니야. 노인은, 그러니까, 노인이 돌아선
건 종이비행기를 아주 잘 날리기 때문이야.
비행기가 어디쯤 날고 있는지 볼 **필요**도
없을 정도로. 게다가 노인은 이런 것도 알아.
'오오, 지능이 낮은 소년이네. 이런 애들은
종이비행기를 아주 좋아하지. 틀림없이 펄쩍
뛰어서 비행기를 잡고 말 거야.' (사 이)
그게 분명하지 않았어?

179

카투리안	제 생각엔 더 분명할 수 있었을 것 같습니다.

투폴스키가 이 말에 대해 생각하면서, 고개를 끄덕이다가, 자신의 위치를 다소 떠올린다.

	어떻게 해야 더 분명하게 묘사할 수 있을지 저는 압니……
투폴스키	잠깐! 내가 지금 너한테 씨발 무슨 문학에 대한 조언을 구하는 거 아니거든!
카투리안	아뇨, 전 단지……
투폴스키	네가 사흘 전에 그 작은 소녀를 도살하다시피 해서 땅속에 처박았을 때 말이야, 나는 씨발 그 애가 살아 있었는지 이미 죽었는지 네가 더 분명하게 확인할 수 있었을 거라고 생각하거든. 더 분명히 할 수 있었을 텐데 말이야. 아, 그리고 그보다 더 분명한 걸 하나 알려 줄까? 내가 이제 곧 존나 열받아서 우리가 한 약속이고 뭐고 다 때려치우고 네 이야기들을 전부 불에 태울 예정이라는 거야. 어때?

투폴스키가 이야기들과 성냥 몇 개를 집어 든다.

더 분명하게 보여 줘 봐?

카투리안   제발요, 투폴스키 형사님. 형사님 이야기
정말 좋았습니다.

투폴스키   내 이야기가 네 이야기들 전부 합친 것보다
더 좋았지.

카투리안   형사님 이야기가 제 이야기들 전부 합친
것보다 더 좋았습니다.

투폴스키   그리고 그 노인이 작은 귀머거리 소년을
구하고 싶어 했다는 것도 **분명했지.**

카투리안   완벽하게 분명했습니다.

투폴스키   (사 이) 넌 그냥 그 이야기가 마음에 안
드는 거야. 왜냐. 작은 귀머거리 소년이 씨발
결국엔 안 뒈졌으니까!

카투리안   이야기 **아주** 마음에 듭니다, 투폴스키 형사님.
다른 거랑 무슨 상관이 있어서 이런 말 하는
게 아닙니다. 제 이야기들에 불을 지른다든지
하는 그런 거랑 말입니다. 형사님 이야기
정말 좋았습니다. 저라면 그 이야기를 쓴 걸
자랑스럽게 여겼을 겁니다. 그럼요.

투폴스키   (사 이) 그래?

카투리안   그럼요.

**사이. 투폴스키가 이야기들을
내려놓는다.**

투폴스키 어차피 네 이야기들에 불 지를 생각은
           없었어. 난 약속을 지키는 사람이거든.
           사람은 누구나 약속을 지켜야 하고, 난
           약속을 지켜.

카투리안 그러실 거라는 거 압니다. 그 점 정말
           존경합니다. 제가 그 점을 존경하든 안 하든
           형사님은 관심 없으시리라는 걸 알지만,
           어쨌든 그 점을 존경합니다.

투폴스키 그래, 나도 네가 그 점을 존경하는 거 존경해.
           아, 이거 우리 정말 친해진 거 아닌가? 20분
           뒤에 네 머리에 총을 겨눠야 하다니 좀
           유감이네.

   투폴스키가 미소를 짓는다. 카투리안은
   모처럼 자신의 죽음에 대해 생각한다.

카투리안 음.

   투폴스키가 미소를 멈춘다. 사이.

투폴스키 아니, 난…… 네 이야기도 몇 개는 아주
           괜찮아. 몇 개는 아주 마음에 들어.

카투리안 어떤 거요?

투폴스키 (사 이) '필로우맨'에는 뭔가 마음에 남는

182

게 있었어. 뭔가 다정하다고나 할까. (사 이)
그리고 만약에 아이가 죽는다면, 혼자서
말이야, 교통사고 같은 걸로, 그래도 아이가
완전히 혼자는 아니었을 거라는 생각도 들고.
이렇게 친절하고, 부드러운 사람이 아이
곁에 있어 주고, 손도 잡아 주고 그랬으니까.
그리고 어쩐지 그건 아이의 선택이었다는
생각도 들어. 그게 어쩐지, 안심이 되기도 해.
아주 형편없는 쓰레기는 아니었어.

카투리안   (고개를 끄덕인다. 사 이) 아이를
          잃으셨나요?

투폴스키   (사 이) 난 아리엘하고는 달라, 사형수하고
          그딴 이야기 안 해.

          카투리안이 고개를 끄덕인다. 잠시
          슬픈 분위기.

아들이 물에 빠져 죽었어. (사 이) 혼자서
낚시하다가. (사 이) 바보같이.

          카투리안이 고개를 끄덕인다.
          투폴스키가 배터리를 캐비닛 안에 다시
          넣는다.

카투리안   이제 어떻게 되는 건가요?

투폴스키   벙어리 여자애가 어떻게 됐는지 소식을
          기다려야지…….

**투폴스키가 캐비닛에서 검은색
두건을 꺼내 카투리안에게 앞뒷면을
조심스럽게 보여 준다.**

…우리는 네 머리에 이 두건을 씌우고,
옆방으로 데려가서, 총으로 머리를 쏠 거야.
(사 이) 이게 맞나? 아니다. 널 옆방으로
데려간 **다음**, 두건을 씌우고, **그 다음**에 총으로
네 머리를 쏘는 거지. 두건을 먼저 씌우고
나서 옆방으로 데리고 가다 보면, 그게, 네가
어디 갔다 박아서 다칠지도 모르잖아.

카투리안   왜 옆방인가요? 여기서 하면 안 되나요?

투폴스키   옆방이 뒤처리하기가 더 쉽거든.

카투리안   (사 이) 예고 없이, 그러니까, 아무런 예고
          없이 하시나요, 아니면 제가 기도나 뭐 그런
          걸 하도록 잠깐 시간을 주시나요?

투폴스키   글쎄, 먼저 내가 작은 조랑말 노래를 부르고
          나면 아리엘이 자기 고슴도치를 꺼내. 알지,
          그 친구가 처형할 때 쓰는 고슴도치? 그리고
          고슴도치가 나오면, 흠, 너한테 13초나

184

27초쯤 남을 거야, 고슴도치 크기에 따라
다르겠지만. (사 이) 근데 내가 예고 없이
처리한다 치면, 그럴 때 예고 없이 처리할
거라고 **너한테 말해 주진 않을 거 아니야,**
안 그래?! 아, 씨발! 천재 작가-사이코-
살인마라는 새끼가 존나 둔하네! (사 이)
두건을 쓰고 나면 그때부터 너한테 10초쯤
시간이 있을 거야. 그러니까, 알겠지,
찬송가는 최대한 짧은 거로 불러.

카투리안   감사합니다.

투폴스키   별 말씀을.

> **투폴스키가 카투리안 앞에 놓인
> 테이블에 두건을 던진다. 사이.**

카투리안   저는 그때 그냥 형을 위해서 몇 가지 생각을
하고 싶습니다.

투폴스키   뭐? 형을 위해서라고, 어? 네가 죽인 세
아이를 위해서가 아니라, 형을 위해서라고.

카투리안   네. 제가 죽인 세 아이를 위해서가 아니라,
형을 위해서요.

> **문이 열리고, 아리엘이 아연실색하며
> 멍한 표정으로 등장한다. 카투리안을**

향해 천천히 다가간다.

투폴스키   여자애 찾았어?

아리엘이 카투리안에게 다다르고,
카투리안은 겁을 먹고 있다. 아리엘이
카투리안의 머리에 손을 얹고, 그의
머리카락을 움켜쥐고, 머리를 지그시
뒤로 젖히며, 빤히 내려다본다.

아리엘   (조용한 목소리로) 씨발 너 뭐 하는 새끼야?
개 씨발 너 대체 뭐 하는 새끼냐고?

카투리안은 대답하지 못한다. 아리엘이
조심스럽게 그를 풀어 주고 천천히 문을
향해 되돌아간다.

투폴스키   아리엘?
아리엘   네?
투폴스키   여자애 찾았냐고?
아리엘   네, 찾았습니다.
투폴스키   죽었지, 그렇지?

아리엘이 문 앞에 서 있다.

아리엘   아니요.

　　　　　카투리안이 두려움에 떨며 두 손으로
　　　　　머리를 감싸 쥔다.

투폴스키   애가 아직 살아 있다고?

　　　　　아리엘이 출입구에 있는 누군가에게
　　　　　손짓한다. 여덟 살쯤 되어 보이는
　　　　　벙어리 소녀가 들어온다. 얼굴,
　　　　　머리카락, 옷, 신발 모두 밝은
　　　　　초록색으로 칠해진 소녀가 행복하게
　　　　　미소 짓는다. 수어로 두 남자에게
　　　　　인사한다.

아리엘   저기 소원의 우물 근처에서 발견됐습니다.
　　　　　작은 장난감 집에서요. 작은 새끼 돼지
　　　　　세 마리와 함께 있었습니다. 음식과 물도
　　　　　충분히 있었는데, 그러니까 새끼 돼지들
　　　　　몫도 있었습니다. 아이는 그 모든 상황에 꽤
　　　　　만족했던 것 같습니다, 그렇지, 마리아?

　　　　　아리엘이 "만족하지?"라고 소녀에게
　　　　　수어로 말한다. 소녀가 미소 지으며

약간 길게 수어로 답한다.

그렇다네요. 무척 만족한답니다. 그런데
얘가 새끼 돼지들을 데리고 있어도 되나요?
(사 이) 제가 반장님한테 물어보겠다고
했어요.

투폴스키가 어안이 벙벙한 표정으로 두
사람을 빤히 바라보기만 한다.
사 이 .

반장님한테 물어보겠다고 했다고요, 새끼
돼지들 데리고 있어도 되는지.

투폴스키　뭐? 아. 그래, 새끼 돼지들 데리고 있어도
되지.

아리엘이 소녀를 향해 엄지손가락을
치켜세운다. 소녀가 기뻐서 소리를
지르며, 주변을 뛰어다니기 시작한다.
카투리안이 살짝 미소 짓는다.

아리엘　　그래, 그래. 하지만 그보다 먼저 깨끗이 씻고
엄마 아빠한테 가야지. 엄마 아빠가 많이
걱정하셨어.

> 아리엘이 소녀의 손을 잡고, 소녀는
> 모두에게 행복하게 작별 인사를 한다.
> 아리엘이 앞장서서 소녀를 문밖으로
> 데리고 나간다. 투폴스키와 카투리안이
> 천천히 문에서 얼굴을 돌리고 서로를
> 바라본다. 잠시 후 아리엘이 다시
> 천천히 들어오고, 문을 닫는다.

거기에서 아이와 함께 커다란 초록색 페인트 통도 발견됐습니다. 아시죠, 왜, 철도 터널에 칠해진 야광 페인트 같은 거요. 뭐, 필요하시다면 발자국 같은 증거물도 충분합니다. 아, 그리고 이 새끼 부모 유골도 발견했습니다. 이 새끼가 말한 바로 그 소원의 우물가에 있더군요. 맞습니다. 이 새끼는 우리가 몰랐던 두 사람의 살해를 자백하고, 실제로 살해되지 않은 여자애를 살해했다고 자백한 겁니다.

투폴스키   왜지?

아리엘   왜냐고요? 지금 저한테 왜냐고 묻는 겁니까?

투폴스키   응, 묻는 거야.

아리엘   예에? 저기요, 투폴스키 반장님, 저기 말입니다. **반장님**이 책임자시니까, 그건 씨발 반장님이 알아내셔야죠.

투폴스키	그럼 오늘 더 이상 나한테 개기지 마, 아리엘.
아리엘	어, 아니요, 그럴 건데요.
투폴스키	그럼 뭐, 그렇다면 당장 서장님한테 네 불복종을 보고하는 수밖에.
아리엘	반장님은 저 어린애가 아직 살아 있는 게 별로 기쁘지 않으신가 보네요! 하다못해 이 새끼도 그 어린애가 아직 살아 있는 걸 기뻐하는 것 같은데요! 그냥 이 새끼가 반장님 서류 작업을 개판으로 만든 거에만 꽂혀서 빠치신 것 같네요!

**투폴스키가 특정한 부분을 찾기 위해
카투리안의 이야기들을 뒤적인다.**

투폴스키	확실히 여자애가 초록색으로 칠해졌고 새끼 돼지들과 함께 있었다는 거지, 이야기를 실행에 옮기기 위해서…….
아리엘	네, '작은 초록 돼지' 이야기를 실행에 옮기기 위해서요. 똑똑하십니다, 투폴스키 반장님. 초록색 페인트와 새끼 돼지들을 보고 바로 알아내셨네요. 그런데 문제는, 왜 그랬냐는 겁니다. 왜 저 새끼들은 여자애를 죽이지 않았을까요? 그리고 왜 저 새끼는 자기가 죽였다고 말했을까요?

투폴스키	쉿, 내가 지금 이야기를 읽고 있잖아. 무슨 단서가 있는지 보려고.
아리엘	(웃으며) 그냥 저 새끼한테 물어보면 되잖습니까!
투폴스키	내가 지금 이거 읽고 있다고 했지!
아리엘	(카투리안에게) 어째서 벙어리 소녀가 아직 살아 있는 건지 **네가** 설명할 수 있겠지.
카투리안	(사 이) 아니요. 아니, 설명 못 하겠습니다. 그렇지만 아이가 살아 있어서 기뻐요. 아이가 살아 있어서 기쁩니다.
아리엘	**확실히** 넌 아이가 살아 있는 걸 기뻐하는 것 같아. 넌 아이가 살아 있는 걸 기뻐하는 게 **확실해**. 확실히 넌 아이가 살아 있는 걸 씨발 **저 사람**보다 더 기뻐하고 있어. 한 가지 더 물어보자. 약간 감이 오는 게 있어서 말이야. 이제 **나한테도** 막 감이 오고 있다고. 투폴스키 씨의 존나 뛰어난 **수사력이** 나한테 전염되고 있나 봐. 네가 발가락 잘라서 출혈로 죽게 한 그 유대인 애 말이야. 머리카락이 무슨 색깔이었지?
카투리안	네?
아리엘	그 애 머리카락이 무슨 색이었냐고?
카투리안	흑갈색이요. 흑갈색 비슷한 색이었어요.
아리엘	'흑갈색 비슷한 색이었다.' 아주 좋아.

개가 유대인이라는 점을 고려해서 '흑갈색
비슷한 색이었다' 이 말이지. 아주 좋았어.
근데 어떡하냐, 걔네 엄마가 씨발 아일랜드
태생이라, 그 아들이 씨발 아이리시 세터*를
아주 꼭 닮았거든. 벌판의 그 여자애에
대해서도 몇 가지 물어볼까?

카투리안   아니요.

아리엘   아니요. 왜냐, 넌 그 두 아이 중에 아무도
죽이지 않았으니까, 안 그래?

카투리안   네.

아리엘   넌 그 두 아이를 본 적도 없었어, 그렇지?

카투리안   네.

아리엘   네가 형한테 걔네를 죽이라고 시켰어?

카투리안   전 오늘까지 이 일에 대해 전혀 모르고
있었습니다.

아리엘   네 부모도 네 형이 죽였어?

카투리안   부모님은 **제가** 죽였습니다.

아리엘   우리가 너한테 확실하게 살인 혐의를 둘 수
있는 건 단 하나, 네가 네 형을 죽였다는
거야. 정상 참작이 가능한 상황인 점을

---

*
Irish setter, 아일랜드가 원산지인 사냥개로 특유의 벽돌색
때문에 레드 세터Red Setter라고 불리기도 한다.

고려할 때, 넌 이 일로 사형을 당하지는 않을 거야. 따라서 나라면 다른 살인을 인정하기 전에 아주 신중하게 생각할 것 같은데…….

카투리안 부모님은 **제가 죽였습니다.** (사 이) 제가 부모님을 죽였어요.

아리엘 나도 네가 죽였다고 생각해. (사 이) 하지만 넌 애들은 죽이지 않았어, 그렇지?

카투리안이 낮게 숙인 고개를 끄덕인다.

증언 확보했습니다, 투폴스키 반장님.

아리엘이 담배에 불을 붙인다.
투폴스키가 다소 평정심을 되찾고,
다시 자리에 앉는다.

투폴스키 아주 잘했어, 아리엘.

아리엘 감사합니다, 투폴스키 반장님.

투폴스키 그런데, 나도 여자애가 아직 살아있는 거 기뻤거든. 단지 업무 중에 내 진짜 감정을 드러내지 않으려고 했던 것뿐이야, 그뿐이라고.

아리엘 아, 알지요…….

투폴스키   알지? (사 이) 흠. 그래, 음, 이 세 건의
          살인으로 넌 사형을 받게 될 거야. 그 전에
          순전히 내 개인적인 호기심에서 하나 묻고
          싶은 게 있어. 왜 당신이 아이들을 죽였다고
          자백했습니까, 카투리안 씨?

카투리안   형사님들은 제가 마이클 형을 죽였다는 걸
          알았습니다. 그리고 세 번째 아이를 찾는
          즉시 제가 제 부모를 죽였다는 사실도 알았을
          겁니다. 이렇게 제가 이 모든 일에 연루되면,
          형사님들이 원하시는 대로요, 그렇게 되면
          최소한 제 이야기들만큼은 지킬 수 있을
          거라고 생각했습니다. 최소한 그건 남길 수
          있을 거라고. (사 이) 최소한 그건 남길 수
          있을 거라고요.

투폴스키   흠. 그런데 좀 유감스럽다, 그치?

카투리안   뭐가 유감스럽다는 겁니까?

투폴스키   우리가 네 이야기들을 지켜 준다는 건, 이
          모든 불미스러운 사건에 대해 네가 진실하게
          자백한다는 걸 전제로 한 거였지. 그런데
          지금 네가 다른 아이 둘을 죽이지 않았다고
          말하고 있고, 씨발 내 사무실 바닥에 온통
          좆같은 초록색 페인트가 찍혀 있는 걸 봤을
          때, 확실히 네 자백은 완전 진실은 아니었어,
          그렇지? 그러니까 분명히 얘기해 줄게. 네

자백이 완벽하게 진실하지 않았으니, 네
이야기들을 씨발 불에 태워야겠지.

투폴스키가 쓰레기통을 가져와, 그
안에 라이터 기름을 붓고, 성냥을
가져다 댄다.

카투리안   진심으로 하는 말씀은 아니시죠.

투폴스키   저기 네 두건 있지. 그거 쓰세요. 나는 불을
            좀 붙이려고요.

카투리안   아리엘 형사님, 제발…….

투폴스키   아리엘? 우리는 명예로운 사람으로서,
            저 새끼가 진실하게 자백하는 걸 전제로
            이야기를 태워 없애지 않기로 약속한 게
            맞지?

아리엘   아 젠장, 투폴스키 반장님…….

투폴스키   저 새끼가 진실하게 자백하는 걸 전제로
            우리가 이야기를 태워 없애지 않기로 약속한
            게 맞냐고? 맞아, 아니야?

아리엘   예. 맞습니다.

투폴스키   그리고 저 새끼는 자기가 죽이지도 않은
            유대인 남자애를 죽였다고 자백했지?

아리엘   네, 그랬습니다.

투폴스키   그리고 저 새끼는 또 자기가 죽이지도 않은

	여자애를 면도날로 죽였다고 자백했고?
아리엘	네, 그랬어요.
투폴스키	그리고 저 새끼는 저 거슬리는 초록색을 뒤집어쓴 애를 자기가 죽였다고 자백했지? 씨발 죽지도 않았는데?
아리엘	네, 그렇게 자백했습니다.
투폴스키	그럼 우린 명예로운 사람으로서, 카투리안 씨의 모든 작품을 불태울 권리가 있을까, 없을까?
카투리안	아리엘 형사님······.
아리엘	(슬픈 목소리로) 우리에겐 그럴 권리가 있습니다.
투폴스키	우리한텐 그럴 권리가 있어. 자, 여기에 약 4백 편의 이야기가 있고, 거기에 저 새끼 이야기가 실린 잡지 〈리베르타드〉 몇 부를 합치면, 그게 저 새끼가 평생 쓴 작품 전부라고 쳐도 될 거야, 그렇지? 이게 평생 쓴 작품 전부다 이거지.

투폴스키가 양손에 이야기들을 들고 무게를 가늠한다.

얼마 안 되네. 저 새끼가 쓴 이야기들 위에도 라이터 기름을 좀 부어야겠지? 아닌가, 조금

위험할까? 잘못하다가 내 몸이 그슬릴까 봐
걱정되는데.

카투리안 아리엘 형사님, 부탁드립니다…….

투폴스키 두건 쓰라고 했을 텐데.

**투폴스키가 여전히 이야기들을 손에 든
채, 쓰레기통 안에 불을 붙인다.**

카투리안 아리엘 형사님!!

투폴스키 (사 이) 아리엘 형사님?

아리엘 (사 이) 이 모든 일이 네 잘못이 아니라는
거 알아. 네가 아이들을 죽이지 않았다는
것도 알아. 네가 네 형을 죽이고 싶어 하지
않았다는 것도 알아. 네가 아주 정당한
이유로 네 부모를 죽였다는 것도 알아.
진심으로 유감이다. 정말 안타깝게 생각해.
수감자한테 이런 말 하는 거 처음이야.
하지만 결국 중요한 게 뭐냐면, 나는 씨발
처음부터 네 이야기가 존나 마음에 안
들었어. 알겠어?

**아리엘이 투폴스키에게서 이야기들을
빼앗는다.**

이제 두건 쓰는 게 좋겠다.

**카투리안이 두건을 쓰러 가다가,
멈춘다.**

카투리안   먼저 옆방에 간 다음 거기에서 두건을 쓰기로
          한 건 줄 알았는데요?
투폴스키   아니, 아니. 우린 여기에서 널 쏠 거야. 아깐
          내가 그냥 장난 좀 쳤어. 저쯤에서 무릎 꿇고
          있어. 그래야 나한테 피가 안 튀지.
카투리안   그럼 제가 두건을 쓴 다음부터 10초를 준다는
          말은요? 혹시 그 말도 그냥 장난친 거였나요?
투폴스키   으음…….
아리엘   10초 줄게…….
투폴스키   10초 줄게, 농담이야, 농담.

**카투리안이 바닥에 무릎을 꿇는다.
투폴스키가 자신의 총을 꺼내
공이치기를 잡아당긴다. 카투리안이
아리엘을 슬프게 응시한다.**

카투리안   난 좋은 작가였습니다. (사 이) 내가 원한
          건 그것뿐이었어요. (사 이) 난 좋은
          작가였습니다. 난 좋은 작가였습니다.

투폴스키 '였습니다'. 중요한 말이지.

카투리안 (사 이) 네. '였습니다'는 중요한 말입니다.

카투리안이 두건을 뒤집어 쓴다.
투폴스키가 총을 겨눈다.

투폴스키 열. 아홉. 여덟. 일곱. 여섯. 다섯. 넷⋯⋯.

투폴스키가 카투리안의 머리에 총을
쏜다. 카투리안이 바닥에 쓰러져,
죽는다. 두건에서 서서히 피가
배어나온다.

아리엘 아, 이런, 왜 그러셨어요?

투폴스키 뭘 왜 그래?

아리엘 10초 주신다고 했잖아요. 너무하셨어요.

투폴스키 아리엘, 무릎 꿇고 머리에 두건을 뒤집어쓴
          새끼한테 총을 쏘는데 대체 어떻게 해야
          너무하지 않은 건데?

아리엘 그렇긴 하지만⋯⋯.

투폴스키 어이, 오늘 하루 종일 자네 그 징징거리는
          소리를 지겹게 들었는데 말이야. 도대체 뭐가
          문제야? 우리는 사건을 해결했잖아, 안 그래?
          네가 이 일을 어떻게 생각하든 간에, 우리는

사건을 해결했다고. 안 그래?

아리엘   그건 그렇죠.

투폴스키   덕분에 네가 한 일흔 살쯤 먹으면 아이들한테
더 많은 사탕을 얻게 될 거 아니야, 안 그래?

아리엘이 한숨을 쉰다.

자, 이제 서류 작성 끝나면, 여기 깨끗하게
정리하고 저 이야기들은 불에 태워 버려.
알겠어? 난 그 벙어리 애 부모하고 이야기를
좀 해야겠어. 새끼 돼지들에 대해 주의도 주고.

**투폴스키가 퇴장한다. 아리엘이
불 속에 라이터 기름을 좀 더 부은
다음, 손에 들고 있는 이야기 뭉치를
쳐다본다. 죽은 카투리안이 천천히
일어나, 두건을 벗는다. 총에 맞아
으깨지고 피투성이가 된 머리를 드러낸
채, 테이블 앞에 선 아리엘을 바라보며,
말한다.**

카투리안   죽기 전 그에게 주어진 7과 4분의 3초
동안, 카투리안 카투리안은 형을 위해
기도하는 대신 마지막 이야기를 생각해 내려

애썼습니다. 그가 떠올린 내용은 이야기의
각주라고 말할 수 있을 것입니다. 그리고 그
각주는 이런 식으로……

**어두운 조명 안으로 출입문에 기대 선
마이클의 모습이 드러난다.**

마이클 카투리안이라는 행복하고 건강하고
어린 소년은 앞으로 7년 동안 줄곧 부모에게
고문을 당하게 될 터였습니다. 고문이
시작되기 전날 밤, 소년에게 한 남자가
찾아왔습니다. 온몸이 푹신푹신한 베개로
만들어지고 입 모양은 활짝 미소 짓고 있는
그 남자는 마이클의 곁에 앉아 잠시 이야기를
나누었고, 앞으로 마이클이 겪게 될 몹시
끔찍한 삶과 그가 맞을 최후에 대해 말해
주었습니다. 차가운 감옥 바닥에서 하나밖에
없는 사랑하는 동생의 손에 질식해 죽게 될
거라고 말이죠. 그리고 남자는 마이클에게
제안했습니다. 차라리 이 자리에서 스스로
목숨을 끊어서 그 모든 끔찍한 일들을 피하는
게 낫지 않겠느냐고요. 그러자 마이클은
대답했습니다…….

마이클   하지만 내가 목숨을 끊어 버리면, 내 동생은

	내가 얼마나 지독한 괴롭힘을 당했는지 절대 듣지 못할 거잖아요?
카투리안	'그렇겠구나.' 필로우맨이 말했습니다.
마이클	내가 얼마나 지독한 괴롭힘을 당했는지 듣지 못한다면, 내 동생은 앞으로 쓰게 될 이야기들을 결코 쓰지 못하겠네요?
카투리안	'그렇단다.' 필로우맨이 말했습니다. 그러자 마이클은 잠시 생각하더니 이렇게 말했습니다…….
마이클	글쎄요, 제 생각엔 우리 그냥 이대로 살아야 할 것 같아요. 나는 계속 괴롭힘을 당하고 동생은 그 소리를 듣고 많은 이야기를 쓰는 걸로요. 왜냐하면 난 내 동생의 이야기들을 정말 좋아하게 될 것 같거든요. 난 그 이야기들을 정말 좋아하게 될 것 같아요.

조명이 마이클 위에서 차츰 희미해진다.

카투리안	이야기는 세련되고 비극적인 분위기로 끝을 맺을 예정이었습니다. 마이클은 갖은 학대를 당하고, 카투리안은 그 모든 내용을 이야기로 쓰고, 결국 불독 같은 경찰에 의해 모든 이야기들이 불태워져 세상에서

사라지는 거죠. 이야기는 그런 식으로 끝맺을
예정**이었습니다.** 그런데 총알이 2초나 빨리
발사되어 그의 뇌를 박살 내는 바람에 갑자기
끝나 버렸죠. 하지만 어쩌면 이야기가 원래
구상대로 끝을 맺지 못한 게 가장 좋은
결말이었는지도 모릅니다. 왜냐하면 그 원래
구상은 썩 정확한 결말이 아니었을 테니까요.
불독 같은 경찰은 자기만 아는 어떤 이유로,
이야기들을 불에 타고 있는 쓰레기들 속에
던져 넣지 않고, 카투리안의 사건 파일 안에
잘 보관하기로 결심했습니다. 50년 동안
공개되지 않도록 단단히 봉인해서 말이죠.

아리엘이 이야기들을 문서보관함에
넣는다.

그렇게 작가가 설정한 세련되고 비극적인
결말은 손상돼 버렸지만, 어쩐지……
어쩐지…… 이 결말이 이야기의 정신에 더 잘
어울렸습니다.

아리엘이 쓰레기통에 물을 부어 불을
끄고, 그동안 조명이 아주 서서히
희미해지다 완전히 어두워진다.

끝